나는 새끼다
1

말랑콩떡 아기동물
나는 새끼다
1
서울문화사

차례

1
친칠라
쉿, 나예요.
3보 1똥,
파워 똥쟁이!

쪼르륵

폴짝

쪼르륵

사진 찍는 거야?
나도 좀 끼자.
다들 왜 이래.
내가 주인공이거든?
비켜! 내 얼굴
짜부됐잖아!
옹기 종기
안녕? 나 새끼 21일 차 친칠라다.
3형제 중 제일 귀여운 내가 막내임.

난 설치류의 일종이다. 야생에서는
보기 어려운 멸종위기종이지.

나 새끼껀 부끄러움이 많으니
너무 가까이 오는 건 거절한다.

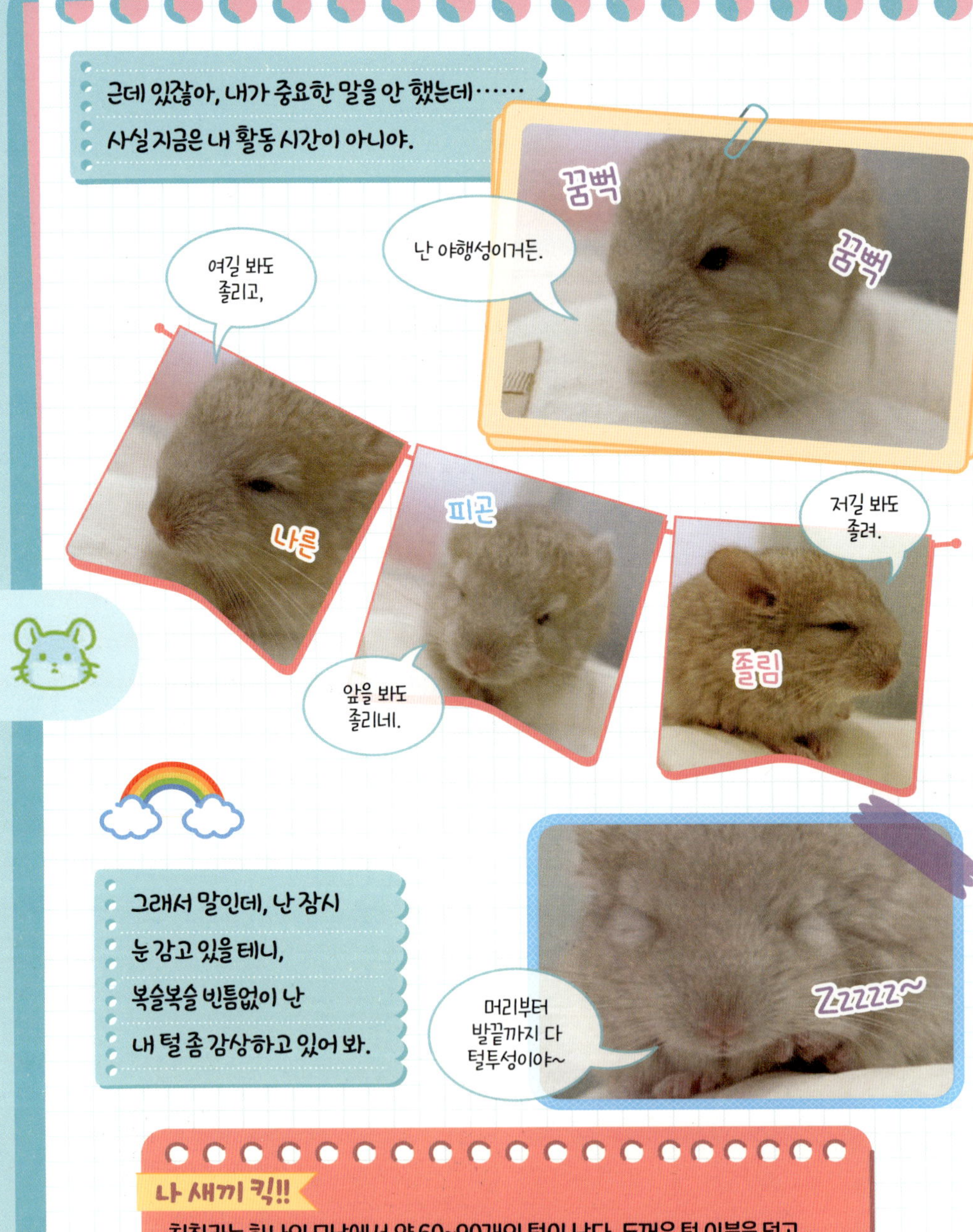

나 새끼 킥!!

친칠라는 하나의 모낭에서 약 60~90개의 털이 난다. 두꺼운 털 이불을 덮고 사는 기분이랄까? 빠지기도 많이 빠지며, 털이 가벼워 공중에 떠 있기도 한다.

그리고 양 사이드에 붙어 있는 눈. a.k.a 태평양 미간!
하지만, 덕분에 시야가 넓지.

난 몸에 비해 귀가 큰 편이다. 이 귀로 열을 방출해
체온을 조절하고, 적을 느끼기도 하지.

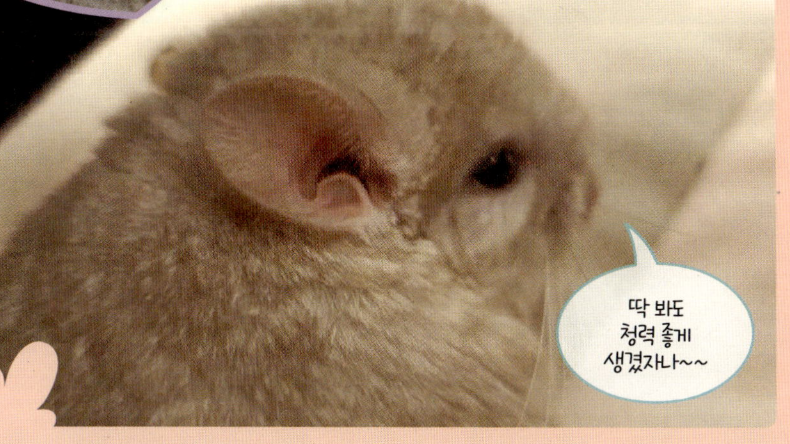

귀염 뽀짝한 앞발에 비해 뒷발은 큰 편!

큼직
앙증
요게 뒷발!
요건 앞발.

대빵 큰
내 뒷발을
보시라!

폴짝
내 키보다
높은 곳에서도
점프 가능!

시도 때도 없이 점프하고 다니는 나 새끼 때문에
우리 집은 보통 높게 설계돼 있다.
그만큼 가격은 UP~

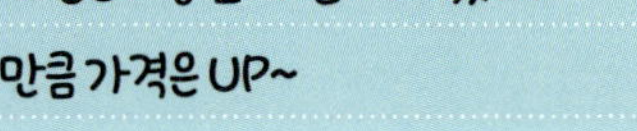

나 새끼는 사람과 잘 친해지지 않는다.
아, 물론 칠라 by 칠라이긴 함.

나 새끼 킥!!

나 새끼는 몸 크기에 비해 많이 먹는 편이다.
하지만 소화 기관이 민감해 과일, 야채, 씨
앗, 견과류는 최대한 안 먹는 게 좋고, 건초와
전용 사료를 먹는 게 건강에 좋다.

이렇게 귀엽고 도도한 나에게는
한 가지 습성이 있는데, 그건 바로……

웃
짜—

꿈틀꿈틀

여기는
PD님의 다리
사이지롱.

오해 놉!

그럴다고
내가 가랑이만
좋아한다는
오해는 마.

빼꼼

가랑이……라고 하면 좀 그렇고,
구석이나 어두운 곳을 좋아한다 치자.

아늑~

아, 여긴
못 들어가겠네.

나 지금
낀 거 아님!

실패닷!

그리고 나새낀 보통
다 갉아서 먹어 버리는 편.

갉아 먹을 장난감으로는 이왕이면
독성 없는 사과나무 가지가 좋다.

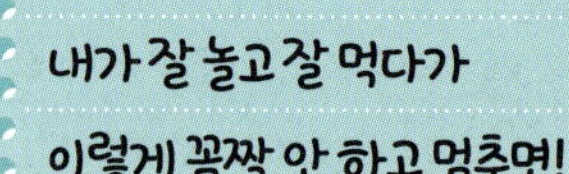

쉬~야를 하거나……

괄약근을 조절할 수 없는 우리들.
3보 1똥, 똥 수발 부탁한다. (악의는 없다.)

이곳은 내 전용 목욕탕!
모래만 있으면 난 혼씻이 가능하지.

어서 와.
친칠라 목욕탕은
처음이지?
반짝 반짝

이렇게 모래에 몸을 비비면 목욕 끝!

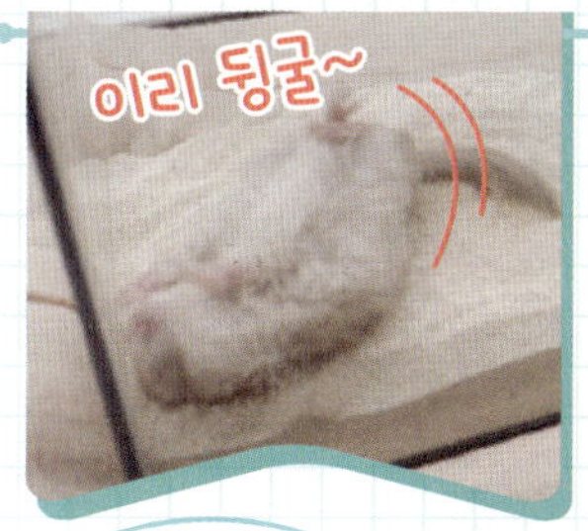

이리 뒹굴~

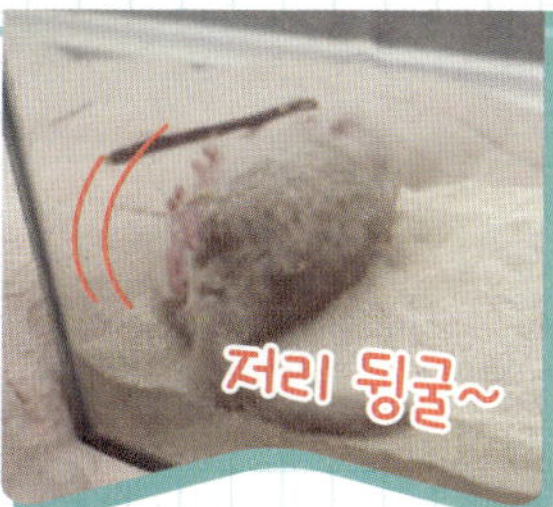

저리 뒹굴~

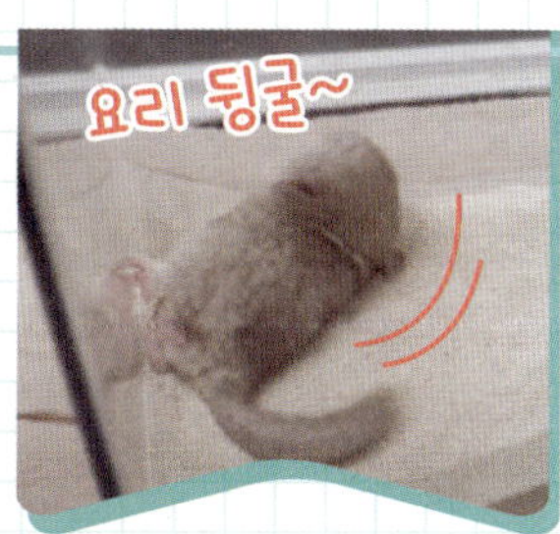

요리 뒹굴~

목욕 끝!
보송 보송 깔끔해졌어.
아~ 개운해!
반짝 깔끔
어딜 감히
물을 대려고!
떼끼!
물로 샤워시킬 생각은 꿈에도 하지 마라.
촘촘한 나 새끼의 털은 물 먹으면 피부병이 생긴다.

암튼 배도 부르고 샤워도 했으니,
이제 코~ 자 볼까?

그만 좀 쳐다 봐.
나 자야 해.

노곤~

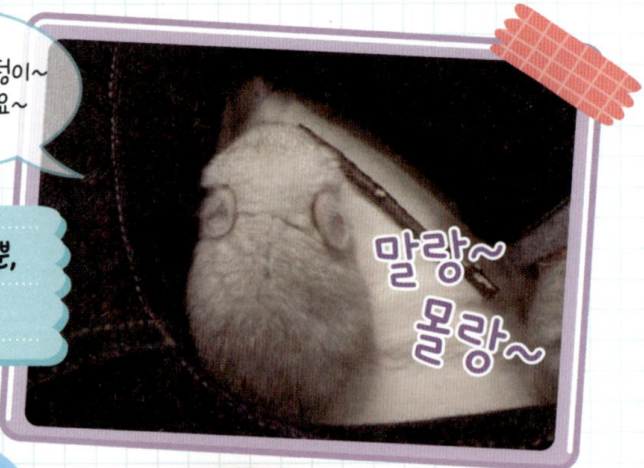

만쥬 같은 내 엉덩이~
귀엽기도 하지요~

말랑~
몰랑~

다시 말하지만 난 아늑한 곳을 좋아할 뿐,
가랑이 마니아 아님.

아, 자꾸
만져서
잠 깼잖아!

쓱쓱

버럭!

내가 웃상이라
그렇지
웃는 거 아님!

나 친칠라는 순한 동물이지만 사람들과 교감은 잘 안 돼.

♥ 친칠라 ♥
(Chinchilla)

토끼로 오해할 정도로 귀가 큰 친칠라는 육지에서 사는 포유류 중 털이 가장 촘촘하다. 그래서 19세기 말까지 모피를 구하기 위한 사냥으로 개체 수가 급격히 줄었다. 지금은 멸종 위기종으로, 긴꼬리친칠라와 짧은꼬리친칠라 두 가지 종이 있다.
야생에서는 남아메리카 안데스산맥의 바위 틈이나 굴에서 무리지어 살며, 수명은 야생에서는 10년, 사육했을 때는 최대 20년으로 설치류 치고는 긴 편이다.

2
라쿤
태어난 김에
부지런히 살자.
안녕?
잠깐만,
이것 좀 놔 봐!!
흔들
아둥
바둥
나 새끼 태어난 지 한 달된 라쿤이다.
딱 보면 알겠지만, 난 잠시도 가만있질 않지.
내려 줘!
깽깽
앞에 있는 누나한테
가 볼 거란 말이야!
복달
안달

호기심 많고 활발한 데다 똑똑하기 때문이다.
단순한 장난꾸러기가 아니란 말씀!

나 새끼 대놓고 매력 부자 재질이니까 기대하라고!

반짝반짝 빛나는
내 눈 좀 봐.
초롱
초롱

일단 깊은 호수처럼 맑은 내 눈.
너무 순수해 보이지 않니?

물끄럼
음, 여기가
눈인가?

아니,
저기가 눈인가?
갸우뚱

빤~~~히

사실 난 어딜 보고 있는지 몰라.
시력이 좋지 않거든.

아,
이제야 보이네.
콧구멍이었구나.
시력이 개똥이라….

그래서 발달한 이 코.
지코, 최배코, 준코도 아닌 개코지.

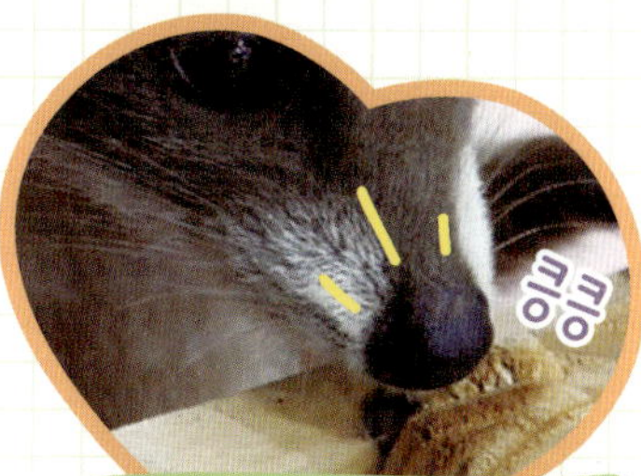

기특한 내 코, 클로즈업!

하이라이트는 이 손, 아니 발!
다 크면 엄청난 발 기술을 보여 줄 거야.
옆에 있는 형아처럼 말이다.

귀엽기만 한데 어떠냐고?
감당할 수 있겠습니까?
자신 있으시냐고요?

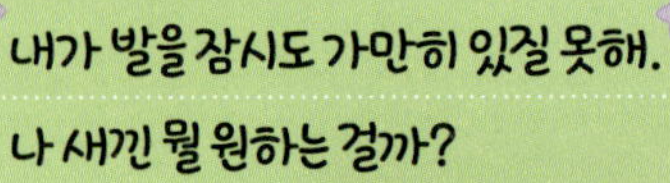

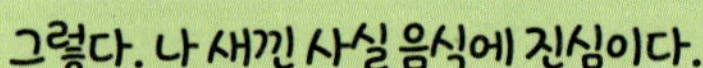

나 새끼 킥!!

나 새끼는 잡식성에다 식탐도 상상에 상상을 더한 그 상상의 이상으로 많다. 주식은
개 또는 고양이용 사료, 과일, 지렁이, 채소, 개구리, 견과류, 바퀴벌레, 쥐, 물고기 등등등등……

이 정도면 귀엽다고? 후회 안 해?

화려한 발 기술과 엄청난 식탐이 만나면?
더 이상 말하지 않겠다. 알아서 판단하길.

이러나저러나 난 귀여움으로만 승부 본다.

잠깐, 여기서 오해 하나는 풀고 가자.
사람들은 나를 보고 너구리라고도 하지.
라쿤
흥!!!
하, 참. 내가 어이가 없어서.
내가 어디가 어때서 그러냐?
어이
상실
너구리
빠직
구리구리 너구리는 조용히 해!
물론 스윽 보면 비슷해 보일 수 있어. 하지만 딱! 보면 친척도 뭣도 아닌, 전혀 다른 동물이라고.
나 새낀 '아메리카 라쿤'과. 
하지만 저 새낀 멍멍! '개'과! 
캬~
종류부터 멋져 버림.
뭐가, 나 왜? 가만히 있는 나한테 왜 그래?
탓
니가 참아. 쟤 이상해.
그리고 나 새낀 발가락이 쫙 펴져서 자유자재로 움직이지만 저새낀 개 발이라 정교하지가 못해.
밥만 잘 먹으면 장땡이거든.
좌락
떡떡

나 새끼 킥!!

나 새끼는 내가 정한 위치에 대소변을 처리하는 습성을 가지고 있지.
즉, 별도의 배변 훈련 없이도 잘 가리는 똑똑이라는 것!

물만 보면 무조건 손을 담그고,
먹을 것도 담갔다 먹는 나 새끼.

내 머릿속엔 뉴런 4억 5천만 개,
몸에는 사기 아이템 매직 풋까지 있으니⋯⋯

모든 것이 새롭고, 하루가 즐겁고,
인생이 짜릿해!

운동화 끈
풀어 주는 거야.
발 더울까 봐.

매력 만점에 강아지처럼
애교도 많은 나 새끼.

일어나면 또
장난쳐야지~

♥ 라쿤 ♥
(Raccoon)

영화나 애니메이션에 종종 등장하는 라쿤은 우리에게 친숙한 동물이다. '미국 너구리'로 불리는 만큼 원서식지는 북아메리카로, 너구리로 알고 있는 사람이 많지만 너구리와는 엄연히 다른 종이다.
몸길이가 40~70cm로 제법 큰 편이며, 발가락을 자유롭게 움직이는 특징이 있다. 지능이 높고 주인을 알아보며, 귀여운 외모 때문에 반려동물로 키우는 경우가 의외로 많다.

나 새끼의 대화

와! 너구리다! 안녕? 난 친칠라야.
반가워!
뭐? 너구리? 나 너구리 아니거든! 라쿤이거든!
부들
부들

아닌데, 나 영화에서 봤어!
맞지? 맞지!
슈웅~
아이고, 머리야!
그래. 그거 너구리 아니라 라쿤이야.

Raccoon
Raccoon Dog
난 라쿤과, 너구리는 개과.
다르지? 완전 다르지?
알긋냐?
너는 너랑
비슷하게 생겼다고
햄스터, 토끼,
기니피그 등등등이랑
헷갈리면
좋겠어?
음,
그건….
골똘…

너도
같이 놀자!
다들 귀여워서
난 괜찮을 거
같아. 히히!
킨카주!
넌 나랑 같은
과잖아. 이리 와!
버럭
황당
내가 왜 라쿤이랑
같은 과인지는 9화에서
확인해~

3
기니피그
나…
사실 쥐다,
찍찍!
내 소개를 하려니
갑자기 긴장되네.
콩닥
콩닥
안녕? 반가워.
내가 누군지
아는 사람 손?
부끄럼
나 새끼는 기니피그다.
오늘로 태어난 지 딱 일주일 됐지.
벌름
일주일 넘은 것 같다고?
증거 사진을 보여 주지.

꼬물
꼬물
방금 전까지
엄마 뱃속이었는데,
여긴 어디지?
나는 이대로 태어나,
밥을 달라,
밥!
버럭
나 말이야,
위에 애들이랑
똑같이 생기지
않았냐?
이대로 자라고,
둥둥!
옴집만 조금 더 커질 뿐, 이대로(?)
마무리되는 게 포인트다.

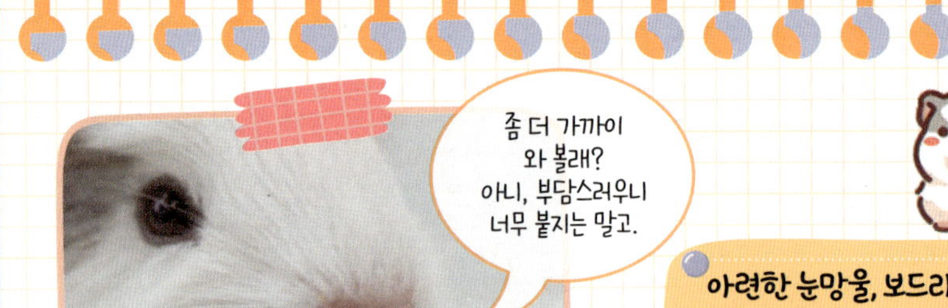

아련한 눈망울, 보드라운 코.
그거 말고도 나의 매력은 어마어마
해. 한번 볼래?

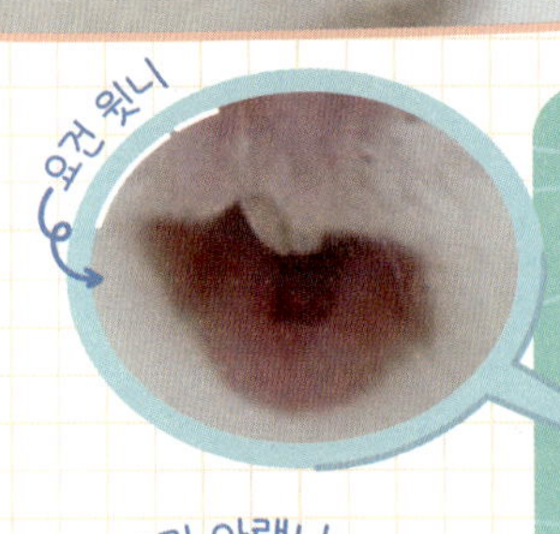

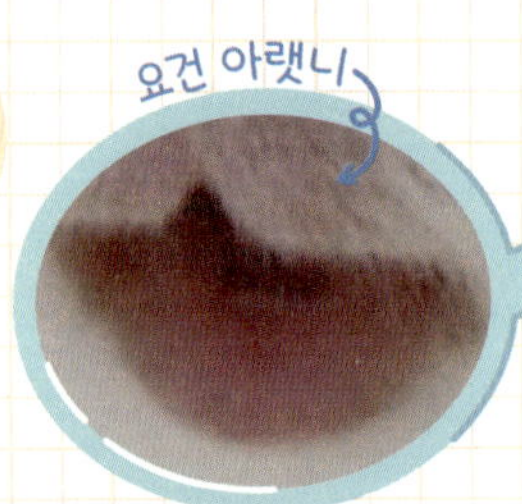

태어날 때부터 이빨이 있어서
건초도 씹을 수 있는 완성형 기니피그다, 이 말이야.

앞으로 더 귀여울 예정이니
잘 따라오도록!

나 새끼 킥!!

나 새끼의 이빨은 매일 1mm씩 자란다지.
건초를 씹어 나 스스로 관리할 수 있게 해 줘라!

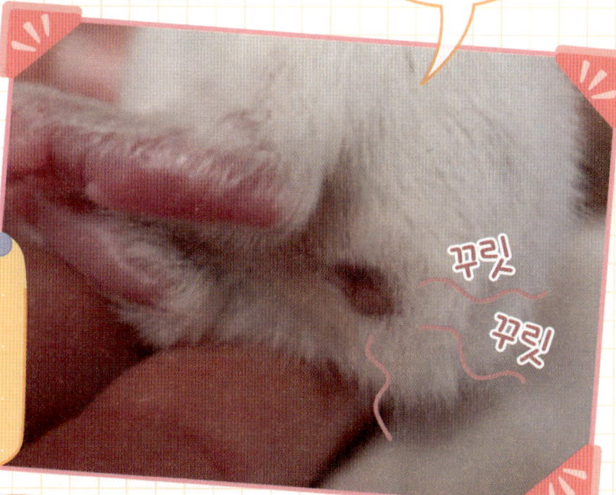

나 새끼는 꼬리가 없다.
대신 꼬리가 있어야 할 자리에
냄새샘이 있어서, 엉덩이를 바닥에
대고 끌고 다니며 영역 표시를 하지.

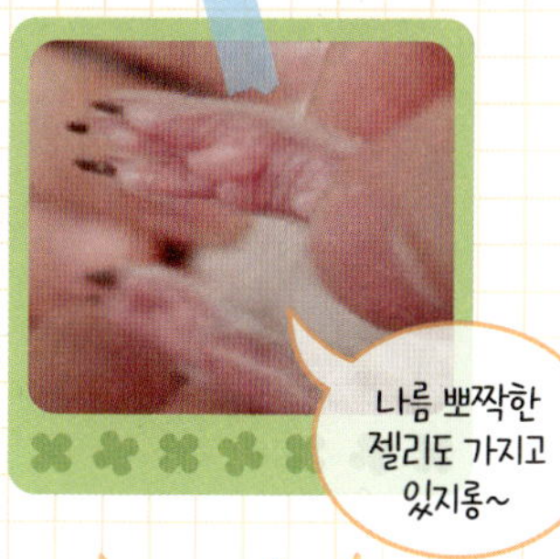

나 새끼 킥!!

나 새끼의 보드라운 발바닥 젤리, 절대 지켜!
미끄러운 바닥은 극혐이니 베딩을 두껍게 깔아 줘라!

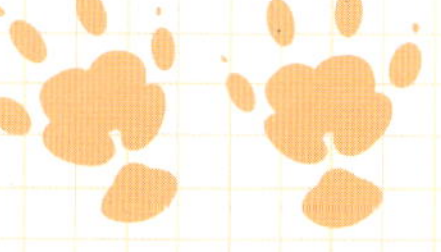

똥꼬 얘기는 그만하고,
내가 꼭 보여 줄 게 있어.

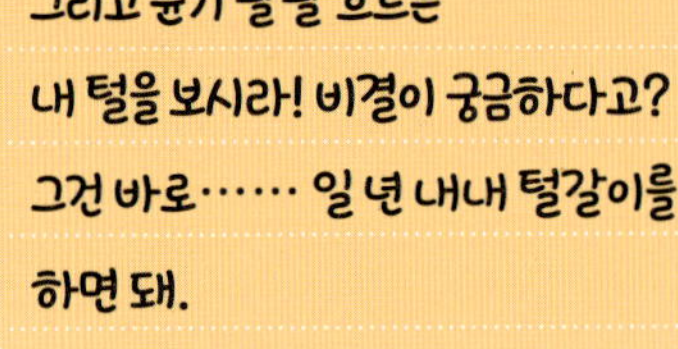

여러분의 안구 정화를 위한 보너스!
도톰, 촉촉, 반짝, 말캉한 핑크빛
내 입술. 어때, 예쁘지?

그리고 윤기 좔좔 흐르는
내 털을 보시라! 비결이 궁금하다고?
그건 바로…… 일 년 내내 털갈이를
하면 돼.

내 성격은 좀 많이 순한 편.
쓰담
쓰담
쓰담
쓰담
쓰담
쓰담
쓰담
쓰담
쓰담
거, 적당히
좀 합시다!
깨물!
나 그냥
냄새 맡은 건데?
진짠데?
깨문 거 아닌데?
킁킁~
일단 순하다고 알려져 있지만,
지금 이 모습은 ……
천의 얼굴이라고 해 두자.

잠깐, 이렇게 보니
돼지같이 생기기도 했다.

꿀꿀
꿀꿀
내가 왜? 뭐?
어때서?

잉?
뭐? 돼지?!

야! 감히
돼지를 우습게 봤어?
너 이리 와 봐!
꾸웨엑~
어우야~
오해하지 마~
우습게 본 거
절대 아냥~
너랑 나는
울음소리부터
다르잖아!
꾸이잉~~

이름에 '피그'가 들어 있어서
돼지와 친척인가 싶지만
기니피그는 설치류다.

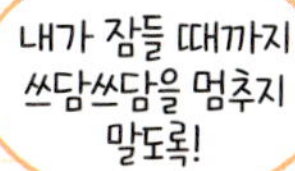

나 새끼 킥!!

하루에 20시간 놀고 4시간 자는 나 새끼. 근데 잘 때 5~10분씩 쪽잠 자는 수준이라 가끔 눈 뜨고 잘 수 있으니 이해 바란다.

이거 우리 주인 방석인데,
여기서 자면
잠이 끝내주게 잘 와.
폭신
폭신
나 새낀 겁이 많은 편이니
숨을 곳을 만들어 주는 게 좋아.
이거슨
주인 냄새!
포근해~
쿵쿵~
친해지기 어렵지만 한 번 친해지면
우리 우정 forever~
엉덩이는
만지지 말아 주세욧!
공격하는 걸로 오해할 수
있다구, 흑흑.
포동
포동
무리 생활을 하는 동물이라 혼자
있으면 외로움을 타. 하지만 번식력이
어마어마하기 때문에
혼성 동거는 비추 forever~

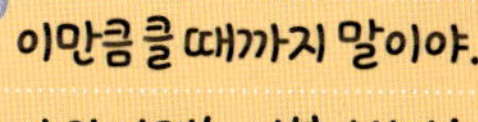

이름을 보고 아프리카 태생인가? 돼지인가? 싶지만 둘 다 아니다. 기니피그는 남아메리카 대륙이 원산지인 설치류 동물이다. 몸집이 큰 햄스터 같기도, 귀가 짧은 토끼 같기도, 또 비버나 카피바라와 비슷하게 생겼다.
태어난 후 6개월 정도가 지나면 몸길이 20~25cm의 성체가 된다. 수명은 8년 정도이며, 20~40마리씩 무리 지어 생활한다.

코리안 숏헤어

쉿! 울지 마. 나의 작은 아기 고양이.

동생들 기강 잡는 나 새끼 첫째.

여배우 재질인 나 새끼 둘째. 아까 여주인공, 걔가 나야.

셋째와 넷째, 그리고 눈 덜 뜬 막둥이까지.

우리는 독수리 오 형제가 아닌, 코리안 숏헤어 오 남매다. 태어난 지 10일 된 한국 토종 고양이지.

머리와 몸에 줄무늬가
있는 고등어.

검은색 바탕에
가슴까지 V 형태의
흰 무늬가 있는 턱시도.

흰 바탕에 검은색이나
갈색의 무늬가 있는 젖소.

검정 베이스에 주황 한 스푼, 흰색 한 방울 섞인
삼색이 새끼는 부끄럼쟁이 숙녀야.

나 새끼 킥!!

삼색이는 염색체 영향으로
99% 이상 암컷으로 태어난다.

극 ㅌㅌㅌㅌ인 것 같은 치즈 새끼는
쉬지 않고 돌아다니고, 말을 하지.

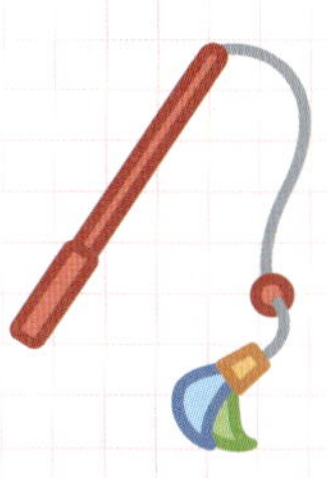

요 새끼 냥춘기가 빨리 찾아왔다.
툭하면 영화 찍는 중.
또륵
오늘까지만 울고,
내일부터는 씩씩한
고양이가 될 거야.
또르륵

오늘의
몸무게는…
269g?
STAR
0:00
269

빨리 더
커져야 하는데!
골똘

그렇다면
이 방법밖에
없지.
아하!

아직 작고 소중한 나 새끼가 무럭무럭 자라려면
엄마 젖을 전투적으로 먹는 수밖에 없다.

요로코롬 방해 시전하는 셋째.

다른 구녕 찾아가는
저 새끼의 환상의 조합!

어찌 되었든…… 엄마냥 파이팅!

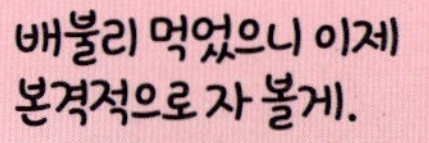

꼬물이들의 빵빵한 저 뱃살.

나 새끼 킥!!

태어난 지 2~3주 정도 지나면 유치가 나기 시작!
6주차엔 완전히 자라는데, 그 때부터 양치하는 습관을 길러 주는 것이 좋다.

맘마 먹고 양치 안 하고 자냐고?
나 새낀 아직 이빨 없어서 안 해도 돼.

성격은 매우 매우 다양한 편!

치즈는 애교 많고 온순한 편이지만
러기러기 장난꾸러기~

삼색이는
도도한 새침데기.

고등어는 호기심쟁이.
카오스는 충성심 가득!
뭐야?

난 카오스야.
멋지지?!
늠름

점잖은 신사처럼 생긴 턱시도는
궁금증 대파티!
궁금한 건
못 참아!
왜, 왜, 왜?

똑쟁이는
잠꾸러기~
젖소는 똘똘하지만 엉뚱한,
4차원이지.

쿨~
중요한 건 냥 by 냥. 모든 것이 미지수야.
성격도, 크기도, 취향도, 질병도.

쟤는 만날
잠만 자.
물끄럼~

♥ 코리안 숏헤어 ♥
(Korean shorthair)

코리안 숏헤어는 '도메스틱 숏헤어' 중 한국에 살고 있는 고양이를 말한다. 미국에 살면
아메리칸 숏헤어, 영국에 살면 브리티시 숏헤어처럼 말이다.
혼합된 혈통이라 다양한 색과 패턴이 나오며, 단모종이고 몸무게는 4kg 내외다. 길에
서 생활하는 경우가 많아 경계심이 강한 편이지만, 개냥이도 적지 않다.

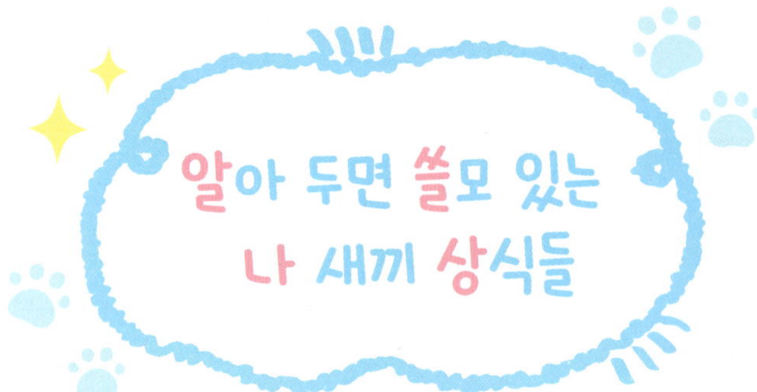

높이뛰기 선수 친칠라

활발히 움직이기 좋아하는 친칠라는 주의해
야 할 부상이 있어요. 바로 골절!
자신의 키보다 높은 곳에서도 뛰는 걸 좋아
해 종종 다리의 뼈가 부러지곤 해요.
특히나 친칠라는 뒷다리로 앉아 앞발로 먹
이를 잡고 먹기 때문에 골절상을 입으면 먹
이 섭취가 어려워요.

라쿤을 집에서 키운다면?

지능이 높고 성격이 온순한 편이지만 개나
고양이 등 다른 동물과는 함께 키우지 않는
게 좋아요. 다른 동물의 먹이를 빼앗아 먹거
나 공격해 서로 위험해질 수 있거든요.
그리고 엄청난 호기심에 온 집 안을 돌아다
니며 전선이나 가구를 갉아 먹고, 어항에 손
을 넣거나 높은 곳으로 올라가 물건을 떨어
뜨릴 수 있다는 점을 명심해요.

기니피그는 시간이 필요해!

겁이 많이 경계심이 강한 기니피그는 낯선 사람과 환경에서 스트레스를 받아요. 그래서 처음 며칠은 구석진 곳에 숨어 있을 거예요. 기니피그와 빨리 친해지고 싶더라도 무리하게 스킨십을 하거나 핸들링을 시도하는 건 피해 주세요. 3~4일 정도, 길게는 일주일 정도는 기니피그가 적응하며 마음을 놓을 수 있도록 기다려 주세요.

대형묘 랙돌

온순하고 사교적인 랙돌은 다 자라면 최대 10kg가 넘는 대형묘이기 때문에 비만 관리를 해 주어야 해요. 살이 찌면 관절염에 걸릴 수 있거든요.
느긋하게 움직이는 걸 좋아하니 먹이 조절과 운동이 필수! 또한 유전적으로 심장과 신장이 약하니 주기적인 건강 검진이 필요하답니다.

슈가글라이더는 슈가를 좋아해?

이름처럼 달콤한 과일을 좋아하는 슈가글라이더. 하지만 사과나 바나나처럼 당분이 높은 과일은 비만을 일으키니 조금씩만 주어야 해요. 양배추와 당근, 고구마 등의 채식 70%, 밀웜이나 곤충, 닭가슴살, 계란 등은 30% 정도의 비율로 먹이를 주면 돼요. 그리고 먹이를 먹고 나면 작은 찌꺼기를 뱉는 습성이 있으니 식사 후 청소는 필수!

5 골든햄스터

가슴으로 낳아
지갑으로 모신다.

모두들 반갑다. 날 보면
공인가, 털 뭉치인가 싶겠지?

까꿍~

동글

동글

꼼지락

나 새낀 태어난 지 한 달이
조금 안 된 골든햄스터.

꾸벅

꾸벅

아직 새끼라
자도 자도
졸려워서 그래.

이런 모습으로 인사하게 돼서
미안하지만, 귀여우니까 봐 줘라.

아니,
이 냄새는?!
내 코는 쥐코!
킁킁~

달큰 고소하고
기름진 이 냄새는
설마?!!!
벌름

하, 정말 성질도 급하네. 지금 잠에서
깼는데 까끌까끌한 호두라니?!
지금 눈곱도
못 뗀 나한테 이거
먹으라고 준 거야?
취잇!
호두

자다 일어나면 밥맛 없는 거,
알아? 몰라?
하지만
성의를 봐서
먹도록 하지.
스윽
냠냠
일단 난 모른다.

엄마 젖 먹는 모습을 기대했다면 미안.
젖 뗀 지 10일 됐고, 호두 갉아 먹을 이빨도 있거든.

보통 생후 8일 정도 되면
이빨도 나고 털도 보송해져.

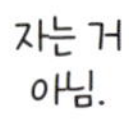

물론 아직 눈은 뜨지 못했지만
며칠만 지나면 저렇게 눈을 뜰 거야.

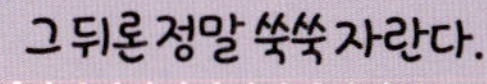
그 뒤론 정말 쑥쑥 자란다.

나 씻는 거 보여 줄까?

침을 고루고루 묻혀서 얼굴도 싹싹싹.
볼주머니도 쓱쓱쓱. 다리까지 완벽하게!

One, 핑크 빛 나의 코. 뽀짝하게 생긴 것에
비해 기능은 전설의 레전드 급이지.

Two, 코 주변의 요 수염. 감각이 엄청 예민해서 주변 상황을 살피는
안테나 역할을 해. 위치와 거리, 폭까지 측정 가능!

마지막으로 가기 전에
가장 귀여운 부위를 보여 줄게.

찹쌀떡같이 찰진 요 궁디, 궁디!
그리고 그 가운데 있는 작은 존재감, 꼬리.

Three, 야무지게도 붙어 있는 작고 얇은 귀.
너무 귀여워서 장식인 줄 알았을 거다.

하지만 귀 안에 있는 고막도 얇아서,
물이라도 들어가는 날엔 이승 탈출 넘버원.

나 새끼 킥!!

나 새끼는 그루밍과 모래 목욕을
한다. 부드럽고 첨가물이 없는
천연 모래 존을 나 새끼 집 안에
만들어 줘라.

이제 밥 좀 먹을게.
일단 넣고, 또 넣자. 넣고 보자.
내 볼주머니,
칭찬해.
냠
냠 냠
냠냠냠
열심히 넣자. 계속 넣자.
이렇게 귀여운 모습은 상하좌우
골고루 봐야 한다.
위에서 봐도
귀엽쥐~
자는 거
아니쥐~
옆이랑
같은 사진
아니쥐~
발바닥은
특히나 더
귀엽쥐~~
앞 발가락 네 개,
뒷 발가락 다섯 개.
이건 보너스다.
너 님이 좋아하는
발바닥 젤리.
말랑 말랑
몰캉 몰캉

어우, 얼굴이 뚱꾸빵꾸가 됐네.
하지만! 아직 난 더 넣을 수 있지.
빵빵
욤욤욤욤
참고로 볼주머니엔 내 체중의 30% 정도의 음식 보관이 가능해.
앗, 잠깐만!
STOP!
말 시키지 말아 봐.
웅클
정말 오해할까 봐 그러는데, 자는 거 아님. 진짜 아님.
그럼 내가 뭘 하느냐?
끙…
그건 바로…… Oh, my 응가!

그리고 또 오해하지 말아야 할 것이 있어.
내가 똥을 만날 먹지는 않아.

난 지금 영양 풍족 상태.
고로 이 똥은 최후의 수단으로 아낀다.

나 새끼 킥!!

나 새끼는 영양분 섭취를 위해 가끔 응가를 먹기도 한다.
재소화시키는 과정이니 놀라지 말도록 하자.

나 새긴 구석진 곳에 화장실
만들어 주면 배변 훈련이 가능하지.
근데 오줌은 가려도 똥은 안 돼.
똥은…… 뒀다가 먹어야 하거든.

철장 집은 절대 안 돼. 리빙 박스 기준 189L 이상.
집은 무조건 거거(ㅌㅌ)익선.
은신처는 다다(多多)익선.
쳇바퀴는 30cm 이상, 천 베딩은 싫어.
나무 베딩으로 20cm 이상 깔아 줘.
적정 온도는 20~25℃ 사이, 습도는 40~60% 등등등.

나의 미래는 이분이시다. 여전히 귀엽지?

♥ 골든 햄스터 ♥
(Golden(Syrian) hamster)

1839년 영국의 생물학자가 시리아에서 발견해 '시리아 햄스터'로 이름이 붙여졌다. 실험용이었으나 귀여운 외모와 순한 성격에 반려동물로 많이 기르고 있다. 몸길이는 15cm 정도이고 수명은 2~3년으로 짧은 편이다.
사막 출신이라 추위에 약하고, 털색과 패턴이 매우 다양하다. 사람에게는 순한 편이지만 같은 햄스터는 물론 자기보다 작은 동물에게 공격성을 보인다.

6
시고르자브종
왔다네,
왔다네!
내가 왔다네~

여러분~ 난 시고르자브종 강아지야.
너무 보고 싶었어!

쿨~

엣헴

어디서 많이 본
비주얼이지?
Zzz
Hi~
아, 시고르자브종이 뭐냐고?

여러분도 나 새끼 보고 싶었어?

나 새낄 오래 기다려왔을 것
같아서 준비해 봤어.

시고르=시골, 자브종=잡종
즉, 시골 잡종이란 뜻이야.

나 새낀 태어난 지 30일 된
시골의 자유로운 영혼,
시고르자브종.

한국적 표현은 똥개, 시적 표현은 발바리,
영어적 표현은 믹스견. OK?

빠져든 사람은 있어도 빠져나온 사람은 없다는
매력적인 쌍꺼풀.

두툼 빵실한 콧대와 예술적인 립 라인.
보기만 해도 귀엽지?!

그리고 솥뚜껑 같은 발에 뾰짝한 발톱. 발바닥에 숨겨진 단풍 젤리들까지.

존재 자체가 귀여운 나 새끼라고.
어때, 나한테 빠져들 준비 됐나?

배운 적도 없는데 이런 것도 하는 나 새끼,
칭찬해. 대견해. 기특해!

근데 모두가 나같은 미모를 가졌다고
생각하면 큰 오산이야.

코리안 숏헤어처럼 자만추였던 여러 세대를 거쳐
탄생한 나 새끼들은 누구를 닮을지 전혀 예측불가라고.

시원하게 하품하고 치명적인 눈웃음까지
발사하는 나 새끼는,

하암~~

찡그려도
눈웃음이라 하니,
나한테 완전 푹
빠지셨구먼.

찡긋

흙 묻은
감자같이
생겼나?

애매

모호

나 새낀 쟤랑 달리 주둥이가 검은색.

누렁이,
비켜. 이제
내 차례야!

앙앙!

10일 전엔 이렇게 생겼었어. 애기애기하네.

난
개껌 좀 씹던
똥개닷.

질겅

내 놔!

나 새낀 딱 보기에도 느껴지는 인간 친화적인 재질.
이렇게 얼굴이 다르 듯 타고난 성격도 달라.

사진
찍지 마 ….
쭈굴~

이 새낀 실루엣만 봐도 겁쟁이 재질.

설마…
지금 나더러
이 손 잡으라는
거야?
손

스윽
화들짝
어우,
깜짝이야!

민망;;;
호다닥
도망가자!

다양한 견종의 유전 형질이 뒤섞여 있어서
생김새도 성격도 아주 다양해.

나 I야.
우리 천천히
친해집시다~
약속!

이 손길,
나쁘지
않은데?

이렇게 소심한 새끼들에게 필요한 건
친절한 스킨십! 천천히 다가와 주길 바라.

오늘의 메뉴는 닭죽. 벌써 이유식 먹냐고?
미안하지만 나 새끼 젖 같은 거 뗀 지 일주일 됐다.

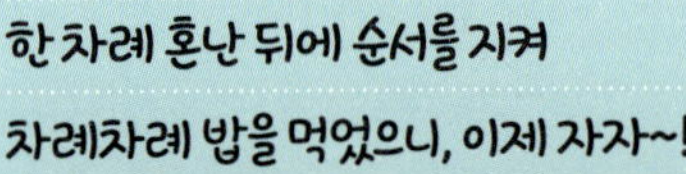

이렇게 심하게 입질할 땐
혼날 수밖에 없어.

한 차례 혼난 뒤에 순서를 지켜
차례차례 밥을 먹었으니, 이제 자자~!

그 와중에 안 자고 있던 나 새끼 당첨.
뭐 하려고 이래?!

아직은 유치라 작아. 안 유치한 영구치는
7~8개월쯤 나기 시작하지.

한참 유치(가 나기 시작)한 시기인 지금은 간식, 장난감, 심지어
손가락까지 맛을 봐야 직성이 풀려. 이빨이 근질근질하거든.

근데 형제들까지 물어 버려서
툭하면 개싸움이 나.

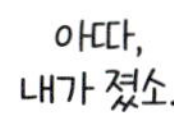

이런 과정을 통해 놀이를 배우고 서열도 정리한다.
너무 말리면 커서도 계속 싸운다고.

나 새끼는 세상에 어디에나
존재하지만 단 하나뿐인 견종이다.

찌잉긋
윙크가
잘 안 되네.

부릅
세상
유니크 하단
말씀.

그래서 얼굴, 크기, 성격, 질병
모든 것이 예측 불가.

몰라,
난 졸려.
그만 자고
여기 좀 봐 봐,
이 똥개야!
집사가 우릴
보고 있잖아.
히죽
쿨~

극강의 자유로운 영혼이지만, 충직하고 은근 집사바라기야.

찐똥개는
발톱 길어질
시간 따윈
없다.
뭉툭

집사, 날
만족시켜랏.
아직 산책량이
부족하닷!
후훗

한 가지 얘기할 건 미친 활동량.
잦은 산책은 필수지.

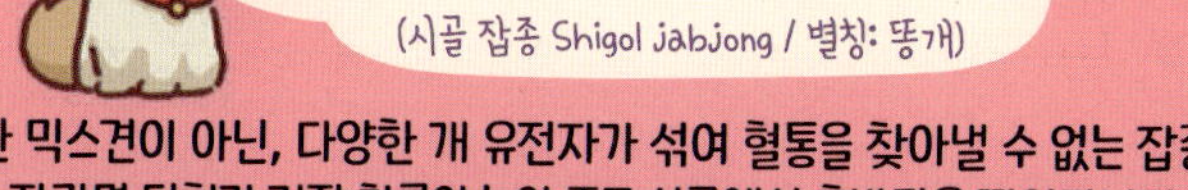

♥ 시고르자브종 ♥

(시골 잡종 Shigol jabjong / 별칭: 똥개)

단순한 믹스견이 아닌, 다양한 개 유전자가 섞여 혈통을 찾아볼 수 없는 잡종견을 뜻한다. 다 자라면 덩치가 커질 확률이 높아 주로 시골에서 흙바닥을 뛰어다니며 살기에 '시골잡종', 즉 '시고르자브종'이란 이름이 붙여졌다.

'똥개'라는 구수한 별명으로 불리기도 한다. 이름만큼 귀엽고 발랄한 성격에 순둥한 외모라 매력을 느끼는 사람이 많다고 한다.

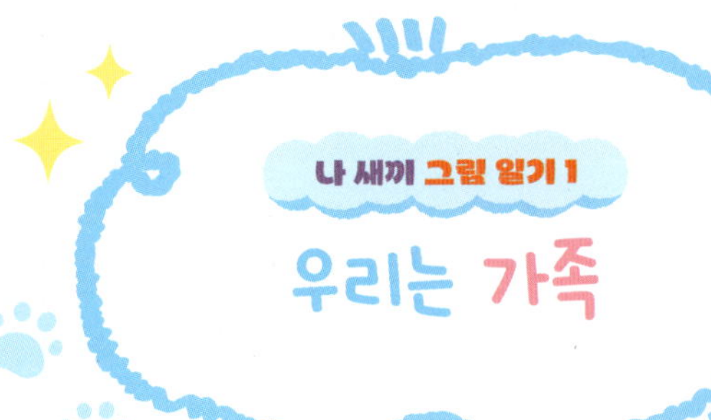

우리는 코리안 숏헤어 가족이다. 그런데 태어나고서 깜짝 놀랐다. 나는 몸이 치즈 색인데 우리 오빠는 멋진 검은색 옷을 입은 것 같았고, 동생은 여러 색이 뒤섞여 있기 때문이다. 게다가 엄마, 아빠랑도 모두 다른 색과 무늬라니!!!

어떻게 가족이 이렇게 하나도 안 닮을 수가 있지?

우리는 가족이 맞는 걸까? 출생의 비밀이 있는 건 아니겠지?!

즐거운 캠핑

우리 집은 흔히 말하는 시골 동네인데, 도시에 사는 사촌네 집 강아지가 우리와 함께 캠핑을 가게 되었다.

그런데 캠핑이 원래 이런 건가? 잔디밭에서 뛰어놀고, 냇가에서 물장난치고, 고기도 구워 먹으며 저녁에는 모닥불 피워 놓고……. 난 만날 그렇게 놀고, 먹는데?! 시골살이가 캠핑인가 보다.

동그란 눈에~

까만, 아니 핑크 작은 코~♩

하얀 털옷을 입은~♪

예쁜 아기곰~♫

엥? 곰이 맞냐고?

나 새끼의 발톱을 보라.

맹수, 곰의 기운이 느껴지지 않니?

아무튼! 왔어요, 왔어요. 내가 왔어요!

꼼지락

어딜 보고
인사해야 하지?
여긴가?
거긴 내
얼굴이야.
아하!
여기구나.
안뇽?
미안!
깡깡

늦었지만 인사 드리옵니다.
우리 새끼들은 판다 자매! 쌍둥이지.

태어난 지
좀 됐지?
반짝

아까 걔 아님
나도
인사할래!

오늘은 우리가 태어난 지 41일째 되는 날!

보여? 보이니?
이 앙증맞은 눈.

사실 우리 새끼 눈뜬 지 얼마 안 됐다.
그래서 아직은 게슴츠레……

나 새끼 킥!!

판다는 생후 40일 정도 지나야 눈을 뜬다. 하지만 쌍둥이 판다 자매의 언니 푸바오는
왼쪽 눈은 15일, 오른쪽 눈은 18일 만에 떴다. 세계에서 가장 빨리 눈을 뜬 판다지!

다들 알겠지만, 내가 바로 그
슈.푸.스.타. 동생이란 말씀.

응?

뭐라고? 언니보다
털이 빈약해 보인다고?

째릿
빈약?
비이냐악?!

무래, 무래!
내 털이 뭐
어때서?!
흰색, 까만색.
딱 봐도 보송보송한
털로 뒤덮여 있잖아!
버럭!
버럭!
이것도 제법 판다다워진 거야.

야야, 말
좀 해 봐!
씩씩
인정!
맞는 말이지.
개구리 올챙이 적
생각 못하냐?
지금은 이렇게 민들레 홀씨 정도의 털이라도 있지만
41일 전, 태어난 지 1일 차엔 말이야……

털이 거의 없어서 이렇게
핑크핑크한 피부만 보였거든.

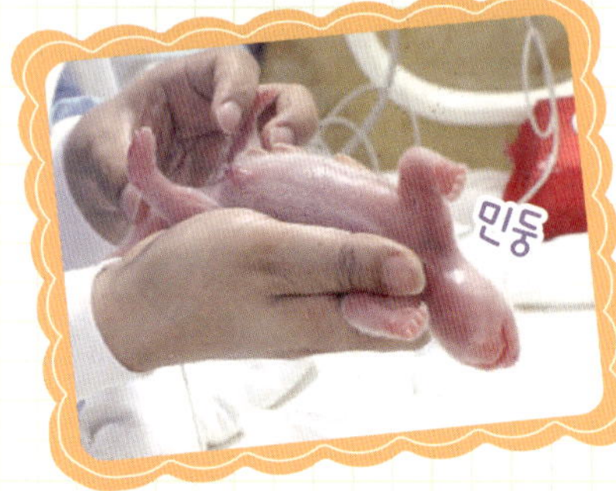

민둥

과거의 나,
걱정 마.
이렇게 된다구~
보송
보송

탈모는 아니니 걱정 마시라!

나 베개
아니라니까?
그냥
받아들여.
여기에 베개가
없잖니.
아웅
다웅

아무튼 우린 판다다워지는 중이야.

내가
1바오게,
2바오게?
내가 2바오게,
1바오게?

헤헷
낑낑

지금은 온 세상이
우리의 이름을 알지만
이때는 1바오, 2바오로
불렸어.

야생에서 판다는 쌍둥이나 삼둥이가 태어나면 대부분 한 마리만 키운다고 알려져 있어.

하지만 우리에겐 문제없지.

보이니? 다리만큼이나 하찮은 내 꼬리가.

꼬리 아래 쪽에서 나오는 향으로
최애 장소에 영역 표시를 하는데,
그걸 '마킹'이라고 해.

나한테 영역 표시 당할 사람, 손?!

사실 우리 판다는 멸종취약종이야.

꼬물
꼬물
야생에선
보기 힘들어.

그래서 우린
동물원에서
보호받으며
자라는 중이야.
토닥

주로 대나무 숲 주변에 거주하는데, 기후 변화와 농경지 개간으로
서식지가 사라지면서 자연스레 개체 수가 줄어들었대.

아, 잠깐!
중요한 일을
깜박했네.
야참!

저기, 인터뷰 잠깐 쉬었다 해도 될까?
알겠지만 내가 좀 바빠.

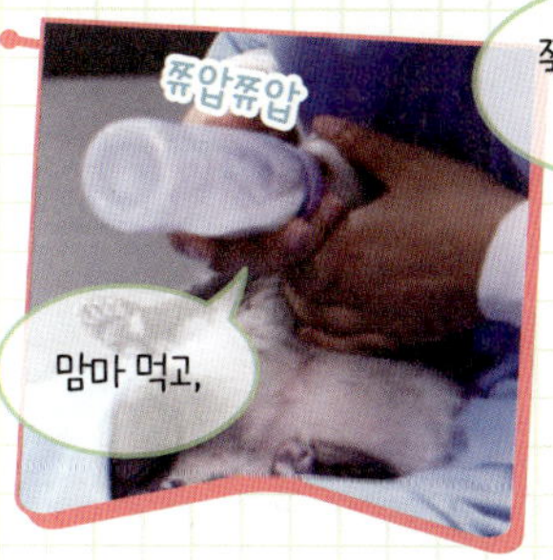

쮸압쮸압
맘마 먹고,
쭉쭉 자라야
하거든.
꿀꺽

귀여운
내 발바닥은
뽀나스~
짜잔

정말 먹고 살기 바쁜 현대 판다 사회야.

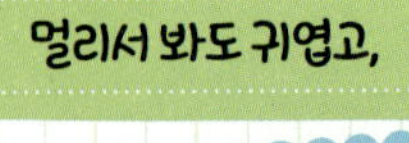

우릴 사랑해 줘서 고맙고, 앞으로 더 사랑해 줘.
그렇다면 20년을 더 행복하게 살아갈 예정!

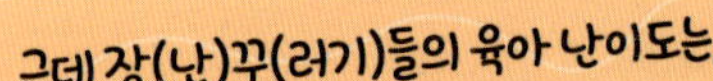

더 이상 말하지 않겠다. 후훗.

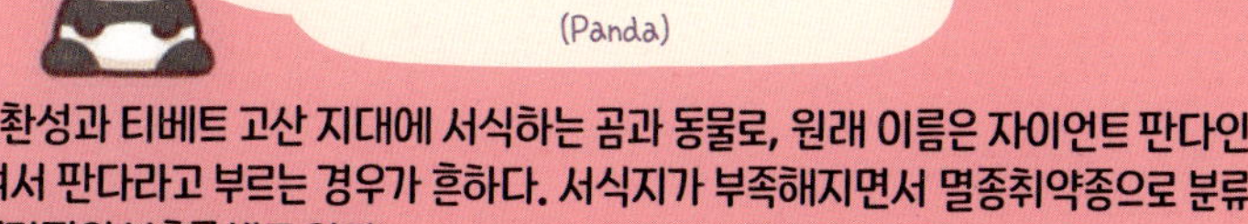

중국 쓰촨성과 티베트 고산 지대에 서식하는 곰과 동물로, 원래 이름은 자이언트 판다인데 줄여서 판다라고 부르는 경우가 흔하다. 서식지가 부족해지면서 멸종취약종으로 분류되어 국가적인 보호를 받고 있다.
태어날 때 몸무게는 100~200g, 몸길이 16cm 정도지만 성체의 몸무게는 100~150kg, 몸길이는 1.2~1.8m까지 자라며, 평균 수명은 20~30년이다.

8
겨울잠쥐
역대급 무정보의
동물입니당.

다람쥐 새끼도 아닌 것이,
햄스터 새끼도 아닌 것이……

니…
내 누군지
아니?
아리송…

발라당

복잡 미묘하게 생긴
나 새끼의 정체는 무엇일까?

여러분, 안녕?
나 새끼는 겨울잠쥐!
피그미다람쥐라고도
불리지.

새초롬
나
처음 보지?
나도 너 처음 봐.
쌤쌤, 오케이?!

태어난 지는…… 한 28일쯤 됐나?
아직 베이비라 24시간 중
22시간은 자는 편.

한마디로 항상 잠에 취해 있다는 거.
근데 울엄빠도 만날 잠만 자더라?

어른이 돼서도 평생 하루에
20시간은 잘 수 있다니,

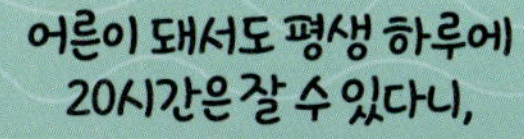

겨울잠쥐로 태어나길 잘한 것 같다.
태어난 나 새끼 칭찬해.

나 새낀 입체적으로 보면 완전히 작고,

평면적으로 보면 대단히 작지.

아니, 도대체 난 얼마나 작은 것이었던 것일까?

우뚝
인형이 큰 거냐, 내가 작은 거냣?

나도 내 크기가 궁금하긴 해.
진지

과학적인 판단에 의거하여 알아보자.

이게 뭐야? 나 먹으라고?
잉?

이게… 과학적인 방법이야?
어이가
없음
1 2 3 4

나 새끼는 곰 젤리 4개의 크기다.
완전 앙증맞지?

말 그대로 주머니에 쏙 들어가지.

조막만 한 크기 덕분에
민첩성은 +100,
탈출력은 +100000!!!!

훔, 가만히 있어 보자….
두리번

전혀 안 그래 보인다고?
조용하게 잠만 잘 것 같다고?

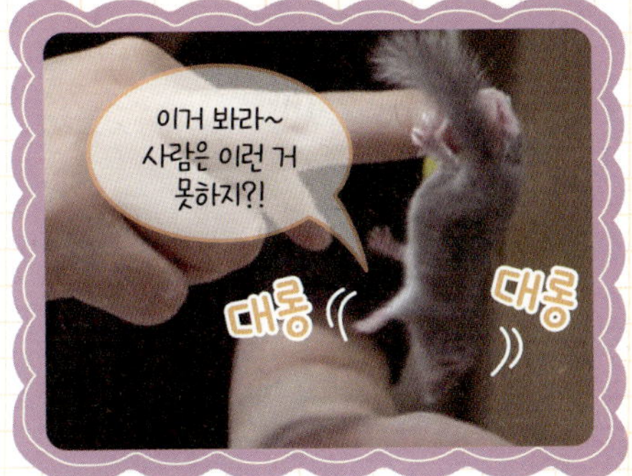

뛴다고? 난 날아오른다.

벽 타기도 능숙한 편.

닌자의 걸음에
은신술까지 섭렵한
나의 기술력을 보라.

나 새끼랑 집에서 프리즌 브레이크
찍기 싫으면 유리로 된 집을 추천한다.

철창 집? 10에 9는 탈출하고,
1은 탈출각을 세운다지.

작디작은 얼굴에
꽉 들어찬 이목구비.

안광 한 바가지.

코에서 입으로 떨어지는
환상적인 옆 라인.

핑크빛 앵두 입술과 그 사이로 보이는
깨알 같은 이빨. 그리고 입 주변으로
솟은 길고 웅장한 수염.

수염은 됐고, 귀욤뽀짝한 이 귀.
나름대로 소머즈 귀란다.

멍~
슬슬
졸린데….

쫑긋
쫑긋
아직 안 잔다.
내 얘기하지 마라.

뒷 발가락 다섯 개.
앞 발가락 네 개.
야무지게 생겼지?

꼼지락

악수는
사양한다.
꼼지락
말랑

귀여운 핑크 젤리의 적극적인 서포트로 매력 상승!

내 발바닥은 끈끈하거든.
그래서 나무를 잘 타는 거야.

나무 말고
네 팔을
타 주지.
타닷
타타닷
수염 휘날리며
움직인다고.

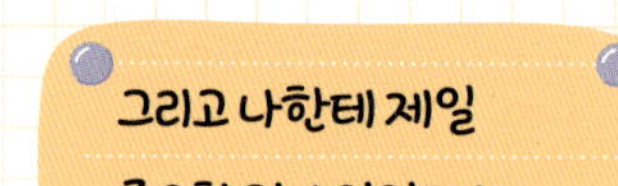

바로 요 꼬리! 잘 안 보인다고?

나 새끼는 꼬리를 세게 잡으면
스스로 자르니 조심해 줘.

나 새끼 킥!!

나 새끼의 꼬리 말이야, 귀엽다고 절대 잡지 마라. 확 잡을 경우 꽁지 떨어진다. 그리고 다신 안 자람!

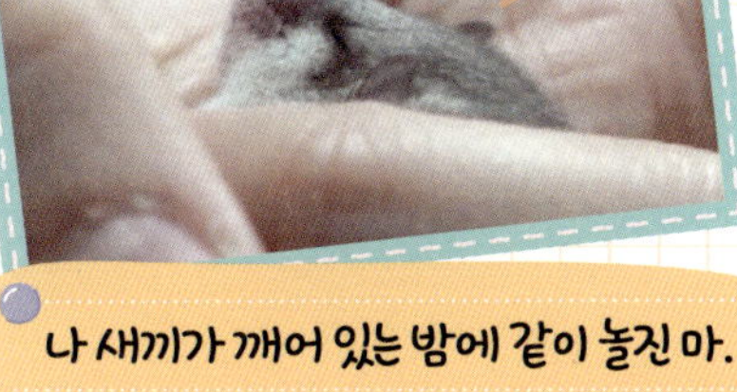

아, 물론 나 새끼 꿀잠 잡니다.
당신이 학교 가거나 출근했을 때.

나 새끼 온도가 21 ℃ 이하로
떨어지면 동면 상태에 빠져.

다시 온도를 올려도
컨디션이 돌아오지 않을 수
있으니 신경 써 줘.

나 새끼 말 그대로,
하루가 다르게 자라나는 중.

저 크기가 이 크기 같다고?
아니야. 손가락 한 마디 반에서
두 마디만큼이나 자랐는걸!

나 새낀 잡식이야. 우리 아빠처럼 먹고 자고
먹고 자고 하다 보면 언젠가는 아빠처럼 되겠지.

그리고 키우는 사람이 많지 않아서 유닉- 그 자체야.
그만큼 나에 대한 정보도 유닉-콘. 그냥 없을 無.

앞으로도 낮에는 꾸준히
잘 예정이니, 귀여운 나 새끼
보고 싶으면 밤에 만나!

한마디로 잠자는
요정 같은 동물이지.

♥ 겨울잠쥐 ♥
(African dormouse)

유럽, 아프리카, 아시아에 서식하는 설치류로, 몸집이 아주 작은 동물이다. 꼬리를 제외
한 몸길이가 10cm정도이고 몸무게는 40g 내외이다.
수명은 4~5년이며 야행성이고, 잡식성이라 열매나 곤충 등 가리지 않고 먹는다. 사람 손
에서 잠을 잘 정도로 순한 편이지만 새끼일 때는 핸들링이 쉽지 않다고 한다.

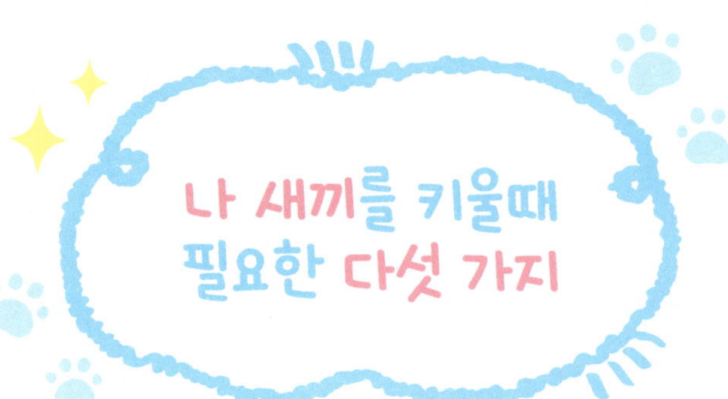

동물에 대한 공부가 필요해!

반려동물을 키우기 전, 또 키우면서 동물에 관한 공부는 반드시 필요해요. 사람처럼 동물도 성격과 건강 상태가 모두 다르니까요. 동물의 기본적인 성향과 식성, 취약점과 보금자리 등 키우는 방법을 알아야 반려동물도 건강하고 행복하게 살고, 키우는 사람도 즐겁고 안전할 수 있어요.

같이 사는 사람의 허락이 필요해!

혼자 사는 경우도 있지만 가족과 함께 사는 경우에는 가족들의 동의를 구해야 해요. 자신이 동물들과 24시간 함께 하지 않는다면 가족 중 누군가는 그 동물을 함께 돌봐 주어야 하기 때문이에요. 산책이 필요할 수도 있고, 놀아 주거나 목욕을 시켜야 하는데 가족은 싫어할 수도 있으니까요.

서로에 대한 책임감이 필요해!

반려동물을 맞이한다는 건 새로운 물건을 사는 것과는 차원이 다른 문제예요. 살아 숨 쉬는 생명체라 방치하거나 함부로 버릴 수 없기 때문이지요. 그러니 새끼 때부터 나이가 많이 들어 힘없는 상태가 될 때까지 사랑은 물론 책임감으로 키워야 해요. 또한 반려동물 때문에 자신의 삶이 힘들어지면 안 된다는 것도 잊으면 안 돼요. 반려동물을 키우고 싶을 땐 나 새끼의 모토, "귀여움에 속아 책임감의 중요성을 잊지 말자!"를 기억해요.

타인에 대한 배려가 필요해!

나에게는 사랑스럽고 소중한 반려동물이지만 타인에게는 불편함을 줄 수 있어요. 울음소리나 털 날림, 배변 문제 등등 때문예요. 동물은 사람과 달리 훈련을 한다고 해도 사회적 규칙을 알 수 없고 자신의 잘못된 행동에 대한 책임을 질 수 없어요. 그러니 주인인 사람이 문제의식을 느끼고 타인이 불편해 하지 않도록 주의해요.

이별에 대한 준비가 필요해!

동물은 사람보다 수명이 훨씬 짧아요. 개나 고양이도 길어야 15~20년 정도고, 짧은 경우 2~3년밖에 되지 않는 동물도 있어요. 작고 귀여운 반려동물이 점점 자라 성체가 되고, 나이가 많이 들어 몸도 마음도 불편한 상황이 올 수 있다는 점, 그래서 새끼 때부터 키운 동물을 직접 보내 주어야 한다는 걸 기억해야 해요.

9 킨카주

내가 누구~~~게?!

맞히는 사람에겐 선물을 주겠어.

뒤태는 원숭이, 옆모습은 아기 곰?

전반적인 느낌은 너구리, 나무늘보?

이런 동물 처음일걸?

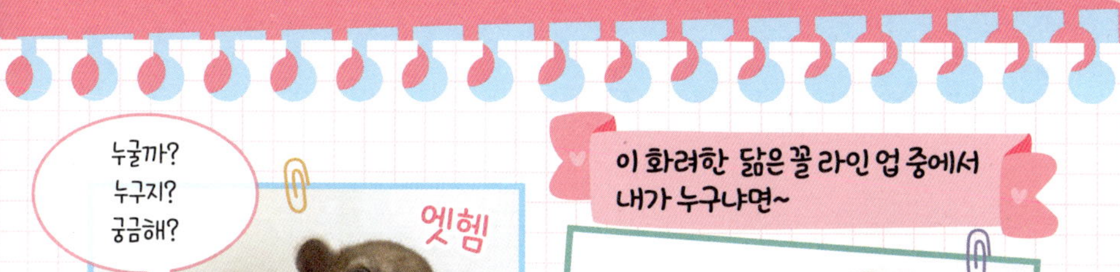

안녕? 나는 50일 된 킨카주 새끼야.
초면인 사람들 많지?

알아 가다 친해지는 거고, 그러다 나 새끼 영상을
매일 보고 뭐 그러는 거지.

나 새끼에 꿀 먹는 새끼는 처음이라지?

다 자라면 이만큼 길어져.

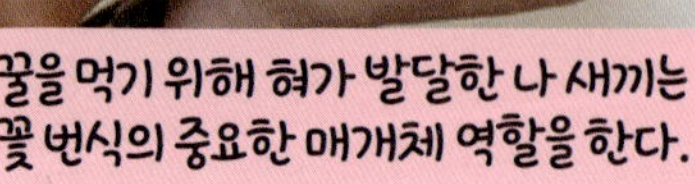

꿀을 먹기 위해 혀가 발달한 나 새끼는
꽃 번식의 중요한 매개체 역할을 한다.

이거슨 내 입에서 나는 소리여.
빽빽!
빽빽!
내 목소리 들어 볼래?
아니, 읽어 볼래? 삐약삐약 빽빽!
강아지보단 높고 새 보단 낮게!
이 손, 놓치지 않을 거예요.
꼬옥
나 새낀 아메리카 너구리과라
너구리랑 내는 소리가 비슷해.
자, 이제 내얼굴을 자랑해 볼게.
킥킥
내 미모 자랑 하려고 밑밥 깐 거야.
동글
완벽한 짱구 두상에,
균형 잡힌 한 쌍의 귀.
예쁘지? 침 닦아.
흐흐흐
샤랄라~♡
핑쿠핑쿠했던 얼마 전의 나.
사실 태어날 때부터 완성형 미모였어.
수염, 콧구멍, 뽕주댕이의 이 조화로움.

잠깐,
나 보지 말아봐!
우뚝
저기, 그게
말이야….
잉????
갑분 스트레칭 타임!
이 아니라……

쉬야 타임이었습니다.
급한 걸
어떡해?!
부르르~
흥건
어우, 축축해.
이불 바꿔 줘.
참고로 평생 못 가리니
참고만 하길 바람.

이 길쭉한 건 또 뭐냐고?

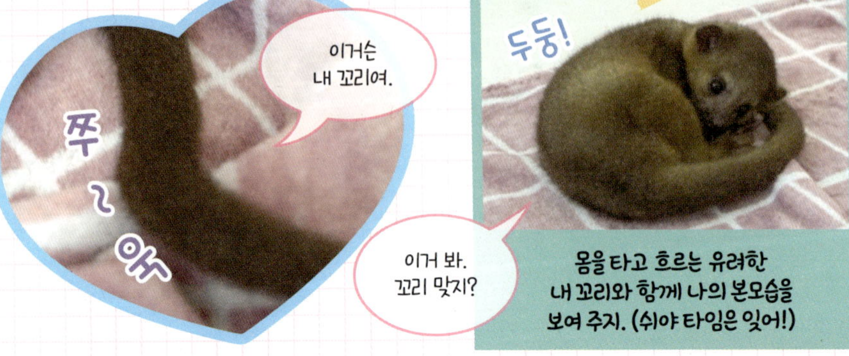
푸
~
악
이거슨
내 꼬리여.
이거 봐.
꼬리 맞지?
두둥!
몸을 타고 흐르는 유려한
내 꼬리와 함께 나의 본모습을
보여 주지. (쉬야 타임은 잊어!)

뒤로 타기 권법의 완성이
바로 이꼬리!

나 새끼 킥!!

주로 나무 위에서 생활
하는 나무 러버인 나 새
끼 꼬리 힘을 이용해 나
무를 탄다.

난 아직 어려서 꼬리는 간Z용.

내 홀쭉한 배와 마른 입을 봐 봐.
뭐 잊은 거 없어?!

좀 컸다고 분유로 배를 전부 채우지 않아. 바나나 같은 것도 먹지.

디저트 타임이지만 먹고 싶지 않다.

나 킨카주, 이 구역 소식좌.

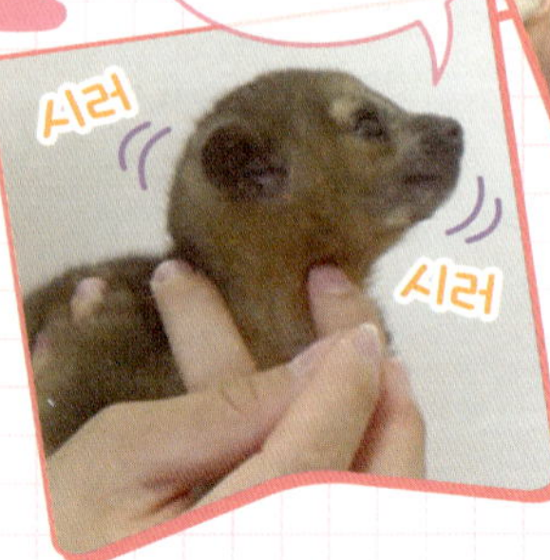

내가 왜 이러냐면……

일단 꼬리를 안고,

생각을 좀 해 보자.

아니, 전화하는 거 아니고……

까먹고 말 안 한 게 있는데 나는 야행성 동물이거든.

해가 떠 있는 시간에는 드르렁 타임이지.

아주 야무지게 몸을 말고 자는 스타일.
완벽한 원형을 추구하지.

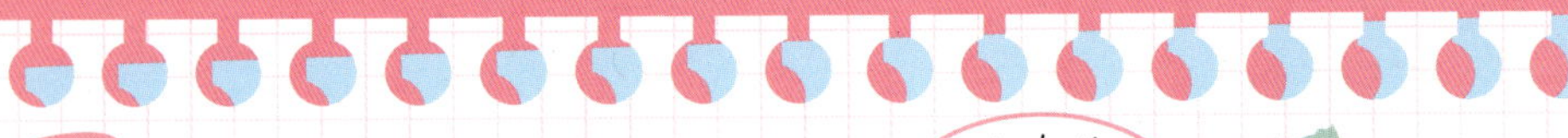

낮잠방놀! 나 새끼 낮에 눈 뜬 모습을
거의 볼 수 없을 만큼 완전 야행성이야.

그래서 야간 소음에 1차 눈물,
자고 일어나면 광란의 파티 흔적에 2차 눈물,
여기저기 싸지른 분뇨에 3차 눈물.

바나나 묻힌
손가락

잡식성이라 먹는 음식은 바나나, 망고, 멜론, 파인애플,
키위, 포도, 익힌 닭고기, 계란, 각종 채소 등등등등

근데 당류 위주의 식단이라
입냄새 기가 막혀.

치과를 비롯한 건강 검진은 필수.

사이테스(CITES, 국제적 멸종위기종)
3급인 나 새끼 개인 사육이 불가하니
내가 보고 싶다면 이 책을 보고 또 보고
또 또 보고, '애니뭘봐' 영상도 보길 바라.

암튼 난 태어났고,
내 과거는 얘네들이다.

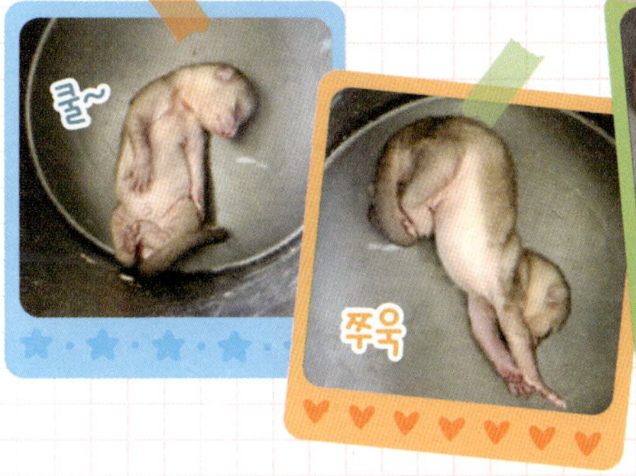

♥ 킨카주 ♥
(kinkajou)

이름도 낯선 킨카주는 생김새만 보고 원숭이나 패럿 종류로 착각할 수 있지만, 오히려 라쿤과 같은 아메리카 너구리과의 포유류다. 주로 중남미의 열대 지역에 서식하며, 야행성이라 사람의 눈에 잘 띄지 않는다.
성체는 몸길이가 100cm 내외(꼬리 포함), 몸무게는 2~5kg 사이이고, 수명은 20~40년 정도이다.

10
미니피그
내 코는
백만 불짜리 코!

안녕들 하시렵니까?

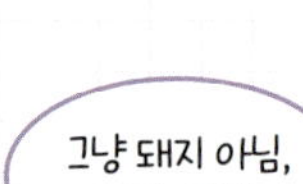

그냥 돼지 아님,
미니피그임.

안뇽~

꿀~

나는야 미니피그.
태어난 지는 오늘로 18일 됐지.

오동통통
이것이…
나 새끼의 매력!

엉덩이부터 허리, 목까지 어디 하나
굴곡 없는 내 바디라인, 보이니?

어디서
냄새가 나지
않냐?
쿵쿵
쿵쿵
그러게.
여기에 간식이
숨겨져 있나?!
우리의 상징이라고
볼 수 있는 이 코는 어떻고.
뿅!
나 새끼의 후각은 사람의 수십 배,
아니 수백 배 발달했어.
이 코는
그냥 코가
아니여!
쿵카
이런 코,
그 누구에게도
없을걸!
슈, 슈, 슈, 슈퍼파워
예민한 코란 말씀!
간식이고 뭐고,
나 좀 졸린데.
노곤
뭐 돼지?
난 피그인데?
먹고 자면
돼지처럼 살찐다.
어이없음
잠깐, 나 새끼한테 지금
돼지처럼 살찐다고 한 거야?

아! 맞다, 맞다. 너네, 사람들 놀릴 때 돼지라는 말 쓰더라? 맞아?
버럭
부릅

맞냐고, 맞냐고?!
진지

나 새끼, 이렇게 귀여운데?!

참나
너네, 나보다 귀여워?

나보다 근육 많아?
울룩
불룩

심지어 내 체지방 수치는 13~15 %. 13%면 근육짱짱맨인 거 알지?

어이가 없어서 말이야… 싸워? 싸울까?
부글 부글
야, 대써. 잠이나 자자.

그런데도 내가 살이 쪘다고? 가소롭군. 훗

내 피부를 감싸고 있는 요 무늬를 봐.
우리는 블랙 앤 화이트가 가장 보편적.
심플 앤 클래식…. 이랄까?
It's simple
크기가 다 자랐을 때 40~60cm 정도가 평균이지만,
쓰담
지금은 생수병 정도 되려나?
킁킁
장담 못함. 훨씬 더 클 수도 있는 법.
몸무게가 90kg인 미니피그도 있다고.
지금은 나 가볍지?
우히히힛
아냐, 무거워. 버거워!
몸무게와 귀여움은 비례할 수도?!
그러니 잘 생각해 보고 날 모시라굿.

사람으로 치면 3, 4살 어린이 정도랄까?

그래서 다양한 훈련도 가능!
사람 옆에서 안 떨어질 수도 있어.

……라고 알려져 있지만.

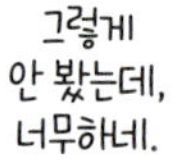

케바케, 돼바돼란 말씀.
나 새끼에게도 성격이란 게 있다.

돼지! 하면 진흙을 온몸에 묻힌 모습이 떠오를 거야.
하지만 어때? 생각보다(?) 깨끗하지?

우린 몸에 땀샘이 없어서
냄새도 안 나.

나 새끼 킥!!

땀샘이 코와 항문에 국한되어
있어서 열사병에 걸리기 쉬워요.
실내 온도를 30℃ 이하로 맞추고,
스스로 체온을 낮출 수 있도록
물을 준비해 주세요.

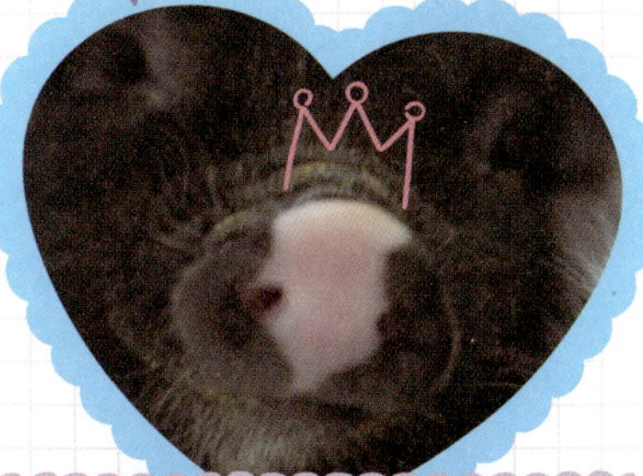

초롱

뭐? 코만 안 보이면 토끼 같다고?

이 코가 나 새끼의 트레이드 마크야.

내 털 빠짐, 강아지들이랑 비슷해.

지금은 젖만 먹을 수 있지만
3주 후부터는 사료를 먹지.

나 새끼 킥!!

식탐이 많은 편이라 사료는 자율 배식이 아닌 하루에 두 번, 일정량을 정해서 주세요.

걔(말 시킨 애)
다음부터는 맘마 시간에 늦지 말자. 나, 서서 먹었어.
걔가 자꾸 말 시켜서 그래.
소곤
소곤

나 새끼, 많이 먹었다. 배불러.
잠깐만 잘까?
노곤
노곤

안 돼.
번쩍

나 새끼의 생활은 먹고, 자고의 반복.

먹방의 눕방의 반복일 줄 알았지?

노즈 워크, 코로 땅 파기 등 활동적인 놀이를 좋아해. 절대 실내에서만 키울 생각 말자!

운동을 해야 비만과 멀어지는 법!
씐남
오예. 나가 놀지! 놀자!
씐남

난 옆모습이 자신 있어.
예쁨 ♡
난 눈웃음이 사랑스러워~
귀욤 ☆
물론 앞모습도 자신 있다구.
우뚝
꾸~
야야, 얼짱 각도 몰라? 턱을 이렇게 내려야지.
한 번 빠지면 절대 헤어나올 수 없는 매력의 소유자. 그게 나 새끼야. 우훗~
암튼 우린 태어났고, 앞으로 지니어스 분야를 주름잡아 볼 예정이다. 내 코처럼 말이야.
내가 얼마나 똑똑한지 알고 싶으면 키워 봐.
두두둥
아, 물론 먹방 분야는 이미 원탑이지.

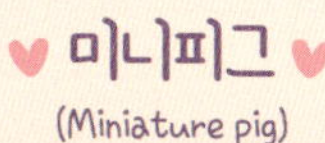

♥ 미니피그 ♥
(Miniature pig)

몸무게가 평균 200kg인 일반 돼지에 비해 크기가 작은 돼지를 미니피그라고 한다. 미니피그는 사실 의료 연구를 목적으로 소형화된 품종인데, 요즘은 반려동물로도 사랑을받고 있다. 일반 돼지보다 몸통이 날씬한 편이며, 코와 귀가 작지만 머리는 크다. 지능이 높아 기본적인 훈련이 가능하지만, 은근히 고집스럽고 까다로운 성격이다. 잡식성이지만 전용 사료를 주는 것이 가징 좋고, 수명은 10~15년 정도이다.

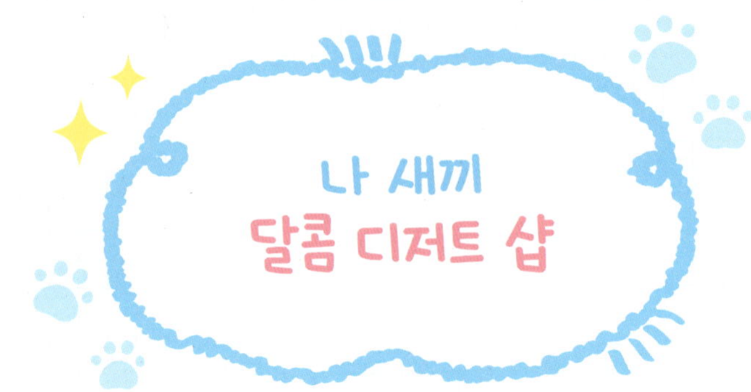

♥ 라쿤 롤케이크 ♥

꿀과 달걀을 넣어서 만든 부드러운 시트에
달콤한 생크림을 넣어 돌돌 만 모양이
라쿤의 꼬리처럼 보인다.

♥ 시고르자브종 소금빵 ♥

시고르자브종처럼 둥글둥글한 소금빵은,
화려하진 않지만 자꾸만 손이 간다.

♥ 코리안 숏헤어 마카롱 ♥

귀여운 코리안 숏헤어 세 마리가
옹기종기 모여 있다. 어떤 맛일지, 먹어 보기
전까지는 알 수가 없다.

💚 라이언헤드토끼 컵케이크 💚

상큼한 레몬 크림으로 장식된 이 컵케이크는
보기만 해도 부드러운 토끼의 털이 느껴진다.
달콤한 당근 초콜릿은 보너스!

💙 판다 머랭 쿠키 💙

한입 베어 먹으면 달콤 바삭함이
입안 가득 퍼지는 반전 매력의 머랭 쿠키.
순둥한 외모와 달리 장난기 가득한 판다와 닮았다.

💗 랙돌 젤라토 💗

빨리 먹지 않으면 랙돌처럼 흐물흐물
녹아 버리는 젤라토. 먹으면 기분 좋아지는
젤라토와 보면 마음이 편해지는 랙돌의
환상의 콜라보다.

💜 겨울잠쥐 오믈렛빵 💜

빵 사이에 있는 생크림이,
폭신한 이불을 덮고 자는 겨울잠쥐와
똑닮은 모습이다.
잠에서 깰까 싶어 먹기에도 조심스럽다.

11 랙돌

보다 진심
돌아버릴 거다.
예뻐서~
안녕하…?
잉?
어딜 만져!
손 치워!
하악!
뭐야, 인사도 하기 전에
내 몸에 손을 대다니!
화를 내도 귀여운 이 작은
생명체는 뭔가 싶지?
그럼
본격적으로
인사할게.
하아악~

안녕하셔요?
쿨~
최명적 자태
어디서 냄새가 나지 않아?
우리는 고양이계의 아이돌, 랙돌 4형제야.
태어난 지는 16일 됐어.
저세상급 미모를 자랑하지.
얘 입에서 맘마 냄새 난다냥~
거꾸로 봐도 예쁘지?
쿵쿵쿵
쿨쿨~
아직도 보고 있네? 다시 자는 척 해야겠다.
빼꼼
다음 장부터 눈 뜬 모습을 좀 보여 줘야겠군.

짜란~
틀립 같은 얼굴에
오밀하고 조밀한 이목구비.
Zoom 땡겨 봐.
좀 더!
샤랄라~
그래.
이 정도는 돼야
잘 보이지.
눈동자 컬러는 베리베리 블루베리 정도?
생후 3주 후에도
베리베리 블루베리?
놉! 나 새끼의 눈동자는 무조건 블루~
뒹굴
생후 3주차
랙돌
다 자라면
이런 비주얼임.
장난 아니지?
너, 나 조상님 할 거 없이 블루다. 블루!

나 새끼 킥!!

나 새끼는 생후 5~7주가 되어야만 시각적 기능이 완전해진다.
지금은 눈만 떠 있을 뿐이다.

균형 감각 유지, 공간 인지,
위험 감지 센서.
그리고 공기의 흐름 파악, 감정 표현과
시각의 역할, 귀여움의 극대화!
수염의 기능 유지를 위해,
두 달 간격으로 수염 갈이를 하지.

맞아. 인형이야. 랙돌 = 봉제 인형(ragdoll)

나 새낀 아직 새끼라 하루에
20시간 이상을 자야 해.

말을 너무
많이 해서 피곤해.
난 잠깐 잘게.

좀 크면 양심상 잠을 덜 자겠지.
한 16시간 정도?

쪼꼬미 주제에
그루밍도 할 줄
안다구.
싹싹

아직 컨트롤이 안 되는 이 혀는, 용도가
다양하지만 대표적으로는 빗 대용이야.

발바닥에는 모두가 환장하는
핑크 젤리와 한 번 잡히면 피를
보고야 만다는 발톱이 있지.

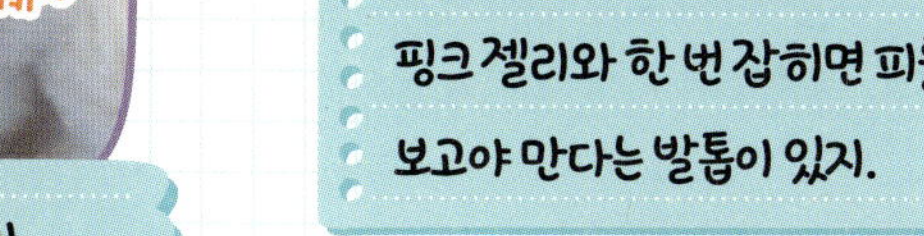

두툼한 이 다리.
조금 짧아 보일 순 있지만,
단단하고 건강한 것이 포인트!

후후 불면 날아가는 민들레 씨앗처럼
이리저리 날리는 나 새끼의 보드라운 털.

덕분에 집사 옷은 물론
목구멍 속까지 스며들어.

그래서 울엄마가 털 정리를 해 주지.

엄마도 받아들이기 힘든 이 칼칼함.

엄마 닮아서 갈색 섞인
흰냥이가 될 것 같다고?

사실은 말이야, 나 새끼도 모르겠다.
내 퍼스널 컬러는 핑쿠핑쿠인 거 같은데.
이 세상에 똑같은 랙돌은 (아마도) 없을 것!
후훗
나 새끼의 털은 2~3년에 걸쳐 완성되거든.
여러 컬러에 여러 무늬까지 합쳐지니까
경우의 수는 무한대!
야, 너 몇 g이냐?
소곤
근데 색 그깟 게 뭣이 중헌디?
문제는 알 수 없는 게 하나 더 있다는 거.
이래 봬도 중대형 고양이거든.
얘는 싹수가 보여.
아빠처럼 엄청 커질 거 같아.
다른 애들은 1년이면 성장판 영업 종료라던데,
닫힐 줄 모르는 나 새끼의 성장판.
지그시
약 4년 동안 계속 클 것이여.
우람1
우람2

아참, 깜박할 뻔했네. 내 성격은 말이야.
어이쿠, 잠이 안 깨네.
깨물
허우적
허우적
Inner peace가 넘친 나머지 게으름으로 변질될 수도 있어.
사실은 나도 하긴 해야 하는데 졸려서 못하겠다.
으~ 너 그루밍 언제 했냐? 냄새 나!
흠칫
드르렁
고양이의 기본 그루밍? 하긴 하지. 귀찮아서 pass, 자느라 pass, 행복해서 pass, 밥 먹어서 pass 하지.
그루밍 안 한 네 털 냄새까지 사랑할 수 있어.
오손
도손
꿀잠 중★
그리고 교감왕 고양이라 사랑을 많이 느끼게 해 줘야 해. 근데 외로움도 왕이라 혼자 두면 우울해 해.
충분한 시간을 함께할 수 있는 집사 구함니다.

미국에서 만들어진 고양이 품종 중 하나로, 고양이 중에서도 몸집이 크고 털이 긴 것이 특징이다. 고양이를 안았을 때 봉제 인형(ragdoll)처럼 축 늘어진다고 해서 랙돌이란 이름이 붙여졌다. 대부분 조용하고 온순한 성격에 애교가 많은 편이라 반려동물로 큰 사랑을 받고 있다. 느긋한 성격이라 자칫하면 비만이 될 수 있으니 체중 관리를 해 주어야 한다.

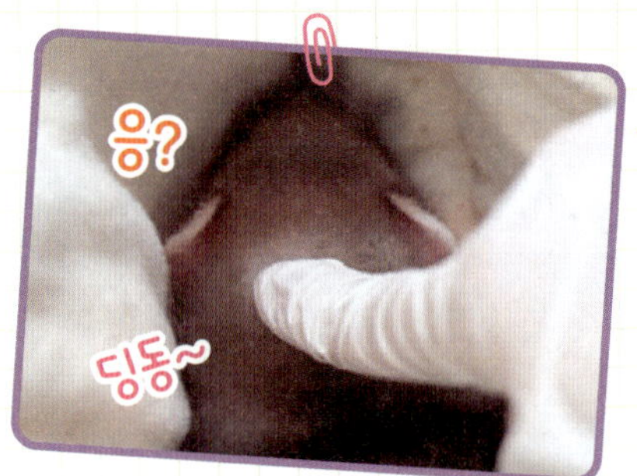

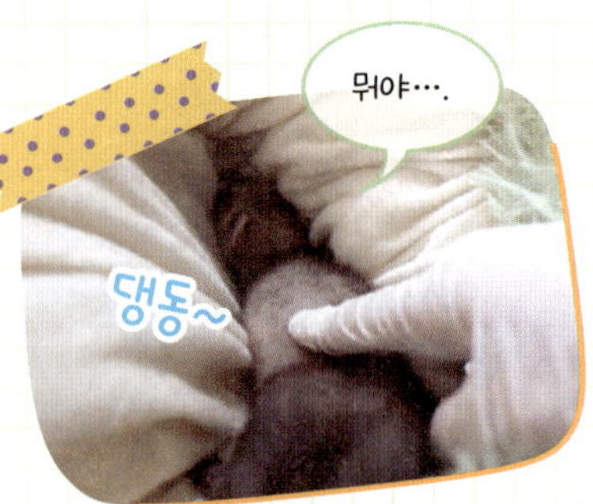

누구야? 내 잠을 방해하는 당신은?

내가 잠에서 깨면 후회할 텐데,
괜찮겠어?

마지막으로 물어본다.
진짜 괜찮겠어?
히유~
알겠어, 알겠어.
일어나고 있잖아.
몽롱~~
아직 로딩 중인 관계로,
기다렷.
잠 깨는 중이야.
Hi~ !
먼저 발로 인사할게.
난 태어난 지 45일 된 패럿!
빼꼼
나 잠 다
깼어요~
날 어디서
본 것도 같고
못 본것도 같고,
그러지?
후훗
이제 슬슬 내 소개를 해 볼까?!

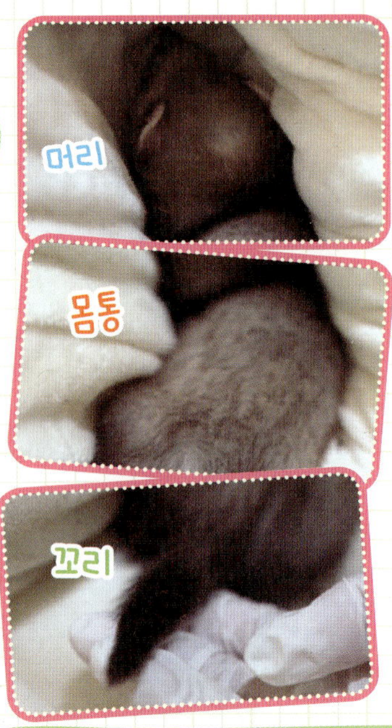

따뜻한 신생아 같은 뒤통수를 따라
꼬리까지 이어지는 나 새끼의 몸.

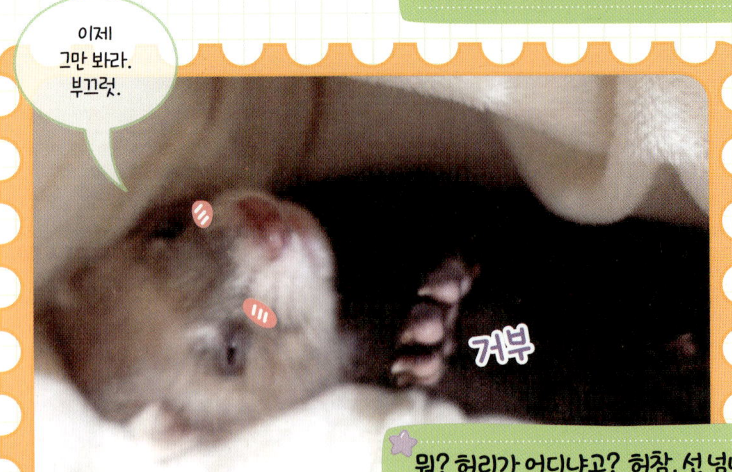

뭐? 허리가 어디냐고? 허참, 선 넘네.
그런 무례한 질문을 하다니!

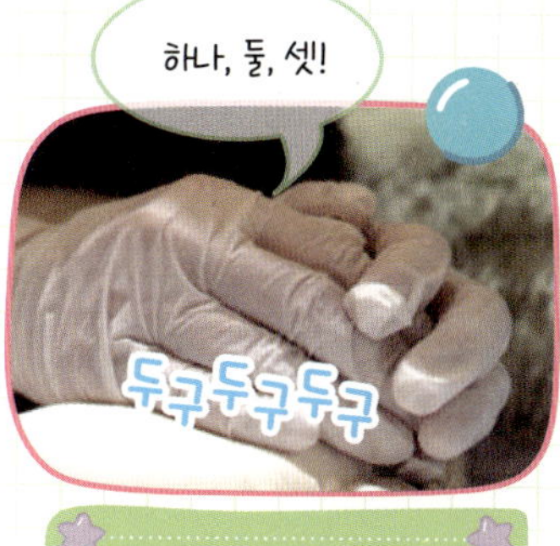

이제 앞에서 보실게요~

안녕? 나 새끼 누룽지 스타일.

분홍분홍 뒷 발가락 들렀다가,
핑크핑크 앞 발가락 스치고,

네일 케어 좀
받아야겠네.

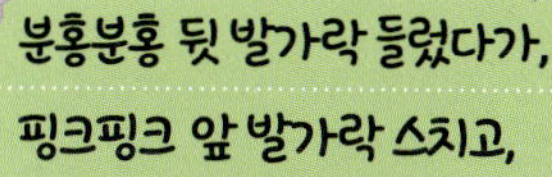
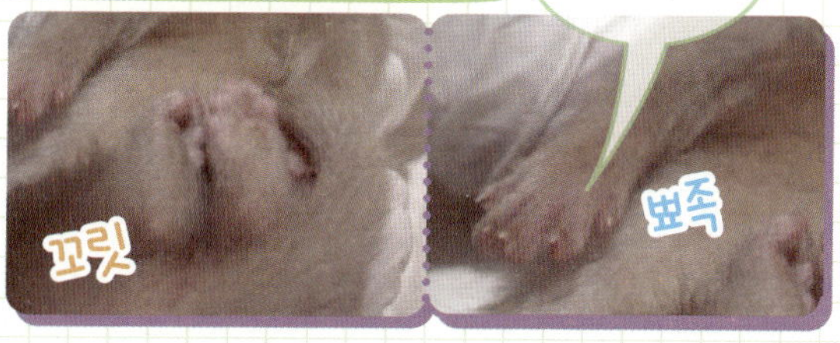

종착지는 사랑스러운 My face~♡

나 새끼 킥!!

페럿은 야행성 동물로, 하루 평균
약 15시간 정도 잔다.

멍멍 개코보다 부지런히
움직이는 페(럿)코. 오늘도 열일 중!

이러다
내 코에 근육이
생기겠네.

아니, 이
냄새는?!

헛슬~

헛슬~

킁카

킁카

내가 좋아하는 단백질이잖아?!?!

내가 자는 동안
다들 먹고
있었다니!

참참참참

냠냠냠냠

아까
잠들었던
애

야, 선
넘지 마라.

여긴
내 구역이거든.

아웅다웅

느긋

이래 봬도 우린 육식 동물이다,
이 말이야. 고소한 고기를 좋아하지.

바보들~
나처럼 따로
먹어야지.

근데 이건 절대로 안 고소해.
그래, 생각하는 그거.

끄응~

나도
내 응가 냄새는
싫어!
미안~

당장이라도 고소 갈기고 싶은 심정.

사실 범인은 바로 나, 아니 얘!
내 안에 취선이 있다.

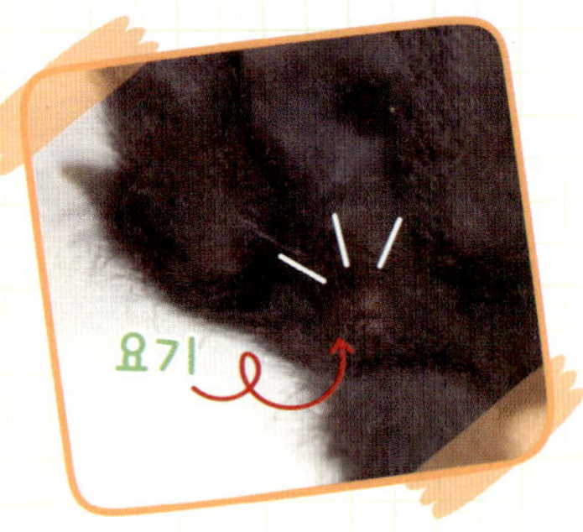

요기

비비적
엉덩이가
가렵네. 끙~

족제빗과인 나 새끼 취선이 있어서
'사향'이라는 특유의 냄새를 풍기거든.

날 어디서
본 것 같다
싶었댔지?
맞아. 우리
족제빗과
포유류야!

아무튼! 상상하든 그 이상일 거야.
내 호기심도 마찬가지!

대롱대롱

눈에 보이는 건, 모두 직접
맛을 봐야 하거든.

맑(은) 눈(의) 광(페럿). 그게 나야.

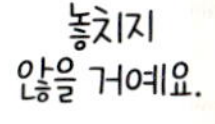

단체로 커스텀 중인 벽지.
쫀쫀한 식감이 일품인 슬리퍼.

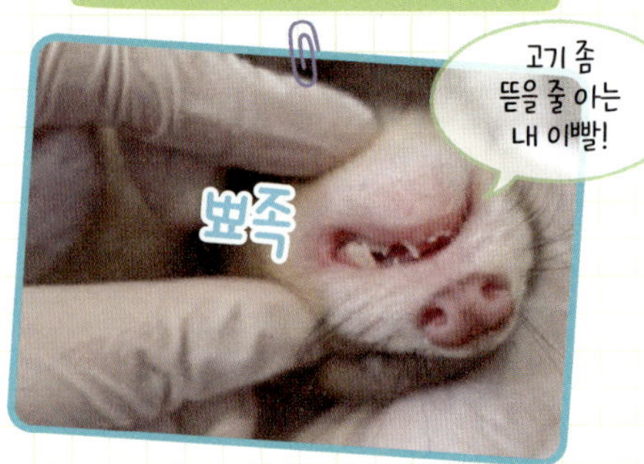
아니, 잠깐 냄새만 맡아 볼게. 응?
킁킁킁
웬만한 건 모조리 씹어 버릴 미래가 보장된 눈부신 송곳니!
고기 좀 뜯을 줄 아는 내 이빨!
뾰족

그리고 최애는……
치즈 꼬랑내 풍기는 네 발꼬락!

뽀샤시
집사야, 사실 나… 네 양말 빵구 냈어.
sorry~

미래가 더욱 기대되는 건 귀염뽀짝한 내 미모.

나 새끼 타고난 사랑스러움으로 집사의 심장을 강타할 마성의 생명체거든.

히히~
나 혼낼 고얌?

말 시키지 마라!
오순

집사 머리털도 점점 빠지게 하는 마성의 파괴왕이 될 수도.

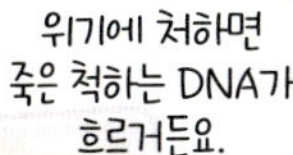

나 새끼와 함께하는 내내, 사고 수습할
시간과 체력은 남겨 두는 게 좋을 거다.

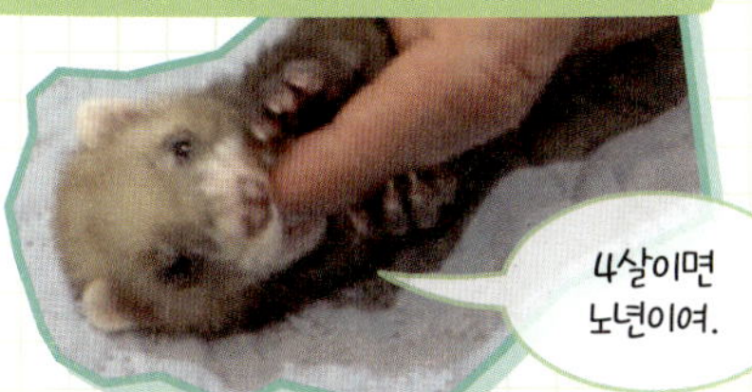

암튼 우리는 태어났고, 매일 새롭고 짜릿해질
예정이야. 나 새끼랑 함께해 볼 사람? 손!
즐겁게 해 줄게. 흐흐흐흐~

♥ 페럿 ♥
(Ferret)

족제빗과 중에서 유일하게 사람에게 길든 동물이다. 아주 오랜 옛날부터 사냥을 목적으로 길렀다고 한다. 야행성 동물로, 하루 15~18시간을 잔다. 몸무게는 0.7~2kg, 몸길이는 40~50cm 정도.
페럿은 족제빗과이기 때문에 사향이라는 특유의 독특한 냄새가 난다. 또한 노년이 되면 90%는 호르몬 분비 계통에 질환이 생긴다고 하니 주의할 것.

판다의 이름

우리가 흔히 '판다'라고 하면 몸은 흰색과 검은색으로 이루어져 있고, 덩치가 큰 판다를 떠올려요. 네팔어 'nigalya ponya(대나무를 먹는 것)'에서 이름이 지어진 판다는 원래 레서 판다를 이르는 말이었어요. 하지만 자이언트 판다를 발견한 후, 판다라는 이름에 딱 맞는 동물이라 생각했다고 해요.

그래서 자이언트 판다를 판다라고 부르고, 원래 판다라 부르던 동물은 '작은 판다'라는 뜻의 레서 판다라 부르게 되었지요.

기원전에도 키운 동물

족제빗과의 포유류 페럿은 우리나라 동물보호법 기준 정식 반려동물 6종에 포함되는 동물이에요.

반려동물로는 조금은 낯설 수도 있지만 사실 페럿은 기원전 4세기경 그리스와 로마에서 가축으로 길렀다고 해요. 그리스의 한 지리학자의 기록에는 토끼 퇴치를 위해 패럿을 이용했다고 나올 정도예요. 그 후 지금까지 사람의 손에 길러지고 있지요.

똥개는 진짜 똥 먹는 개?!

시고르자브종은 일명 똥개로도 불려요. 왜 똥개라 불리게 된 걸까요? 그 이유는 조선 말기로 거슬러 올라가요.

시골에서는 사람이나 동물의 분변을 논이나 밭의 거름으로 사용했지만 도심에서는 처리가 어려웠어요. 때문에 길이나 하천에 처리하지 못한 분변을 버렸는데, 이를 길에서 사는 개들이 먹었다고 해요. 개는 사람보다 소화 능력이 뛰어나 살짝 상한 음식이나 분변도 소화시킬 수 있거든요. 예전에, 특히 겨울에는 먹을 것이 부족했기 때문에 분변으로 영양분을 보충했고, 그래서 '똥개'라는 별명이 생겼을 거라 추측하고 있어요.

사실 분변을 먹는 이유는, 다른 개나 동물의 분변을 먹는 습성이 있기 때문이에요. 후각이 예민한 개는 분변 속에서도 음식 냄새를 맡을 수 있거든요. 그래서 호기심에 먹어 보기도 한답니다.

코리안 숏헤어는 왕의 친구

우리나라에는 삼국 시대부터 고양이가 살았다고 해요. 나라에 불교가 전파되면서 불경 또한 들어왔는데, 쥐가 이를 갉아 먹으니 불경을 보호하기 위해 쥐를 잡는 고양이도 함께 데려왔어요. 그래서 고양이가 새겨진 가야 토기도 있고, 조선 시대 민화에는 개 못지 않게 고양이도 자주 등장하지요.

역사적으로 유명한 코리안 숏헤어는 조선 19대 왕, 숙종의 반려동물 '금손이'가 있어요. 숙종은 궁궐 내 후원에 쓰러져 있던 길고양이를 거두어 '금덕이'라는 이름을 지어 주었어요. 후에 금덕이가 낳은 새끼에 '금손이'라는 이름을 지어 주고, 손수 밥을 먹일 정도로 아꼈다는 기록이 있어요. 훗날 숙종이 승하하자 금손이는 시름시름 앓다 이틀 후에 죽어 숙종의 무덤 근처에 묻혔다고 해요.

(애니멀)봐브스 선정
사탕보다 달달한 생명체를 알고 있나?

얼마나 달달하면 이름부터
설탕이겠어.

내 이름은 슈가글라이더.
초면인 사람들이 많지?

그렇게 빤히 쳐다보면……

부끄럽쟈나.

암튼 이번 나 새끼인
슈글 새끼 인사드린다.

안냐세요~
슈글 새끼입니당~

근데 이제 인사만 하고
아무것도 안 해.

나 새낀 태어난 지 100일이라,
아직 어려서 자는 게 일.

두 마리가
포개져 자는 중

그리고 귀여운 게 일이거든.

귀엽고 작고 앙증맞은 나 새끼에게도
있을 건 다 있다.

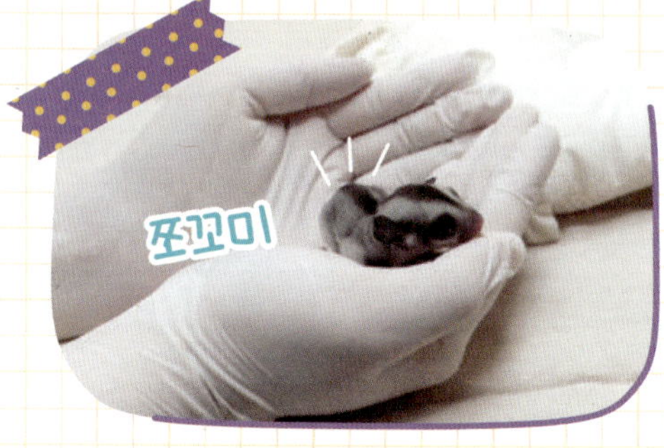

참고로
수달이랑
다른 애임.

동글

내 뒤통수, 마치
LIKE 해바라기씨.

뒤통수에 있는 요 까만 선을 따라가다 보면
방향 조절 엄청 잘하는 슈글 꼬랑지가 짠~!

절대 잡아당기지 마.
짱 싫어함!!!

보자, 보자. 앞을 보자.

보자, 보자. 옆도 보자.

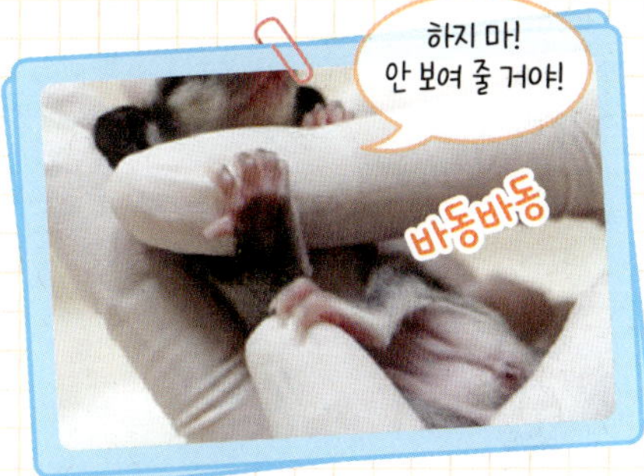

근데 2개라고 특별할 건
없으니 놀라지 마.

하긴, 계속
자느라 눈 뜬 걸 볼
수가 없겠군.

다음 매력 포인트는
……잠?

미인은
잠꾸러기라며.
딱 나지, 뭐.

혼자 자고, 둘이 자고……
보다시피 잠이 좀 많다.

내가 아직 OOP 4주차라 애기 애기해.
OOP가 뭐냐고?

우린 캥거루처럼 엄마 뱃속에서 나오자마자 2개월 간 엄마의 앞주머니에서 살아.
OOP(Out Of Pouch)는 바로 육아 주머니로부터 독립된 날을 의미하는 거야.

나 어디 있~~~게?!

요기 엄마 품에 있지!

한마디로 내 나이는 2개월+4주+몇 일.
그래서 태어난 지 100일이라는 거야.

그리고 있잖아~
한마디만 더 할 테니 잘 들어.

나 새낀 옆구리가 자주 시린 편이라
친구 없이는 못 살아.

반가워!
찾았다!!!
너
어디 갔었냐?
안 보이더라.
나도!

이렇게 착!

요렇게 착!

나 새낀 매우 사회적인 동물이라
자주 안 놀아 주면 삐쳐.

그러니 절대 혼자 두지 마.

나 새끼 역시 야행성이라
불면증 있는 사람 거절!

근데 칭얼대기까지 하는 타입이라
워커홀릭, 집 자주 비우는 사람도 거절!

별안간 시작된 디스코 팡팡팡 타임?!
DJ Drop the 슈글~~~

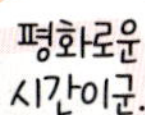

평화로운 시간이군.

??
호다닥

무야, 무야?
지진 났어?
들썩
들썩

하지만 나 새낀 당황하지 않지.
보이나, 내 코어? 보이나, 내 근육!

이러다 갑자기 잠듦.
왜? 고됐거든.

울끈
불끈
하루 이틀에
만들어진
근육이 아니야.

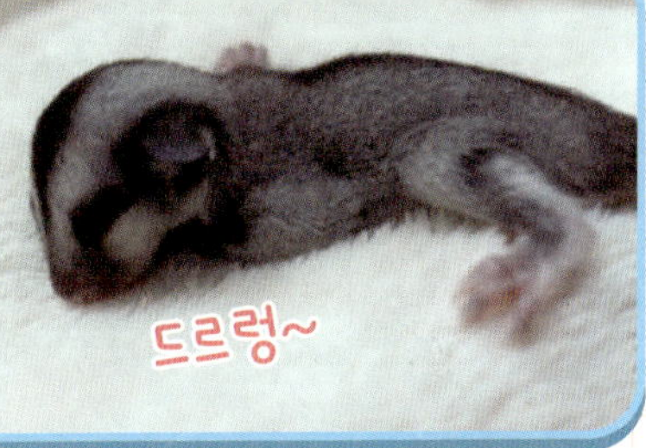
드르렁~

ZZZ
휴~
재우기
성공!
아까 나온
그 엄마

사람이든 동물이든
새끼는 잘 때가 제일 예뻐.

시끄럽게 하면
가만 안 둘 테야.
나 자(유)부(인)
타임이거든.

아참, 우리는 추위에 약한 동물이라
온도에 예민하다.

그러니 조명, 온도, 습도……
완벽하게 맞춰 줄 분만 커몬~

그리고 나 새끼는 선천적으로
눈이 약해.

백내장의 위험을 안고 있으니,
두 눈 뜨고 지켜볼 사람만 커몬~

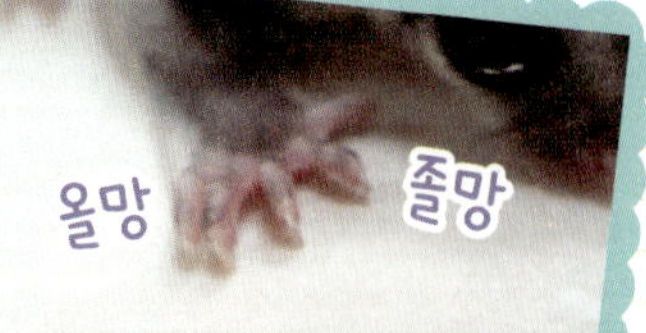

발톱은 한 발에 다섯 개씩,
도합 스무 개.

매주 한 번씩 깎아 주는 것도
잊지 말라고.

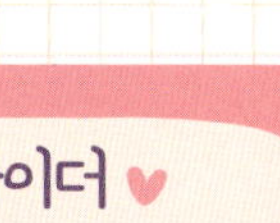

♥ 슈가글라이더 ♥
(Sugar glider)

한국 이름은 '유대하늘다람쥐'로, '슈가(설탕)'처럼 달콤한 음식을 좋아하며 '글라이더' 처럼 비행한다는 뜻이다. 캥거루목에 속하는 유대류(有袋類)이다. 유대류란 2~3개의 자궁이 있고 포대 같은 아기 주머니(육아낭)에서 새끼를 키우는 동물을 뜻한다. 꼬리가 길어서 몸길이가 25~30cm 정도지만 몸무게는 130g 내외, 평균 수명은 10년이다.

14
포메라니안

천의 얼굴
등장이오~

???
똥 덩어리?
안녕? 나는 말이야~
뭐라고? 똥 덩어리?

내가 왜 똥 덩어린데!!!
이렇게 예쁜 똥 덩어리 보신 분?
흥
쳇, 내 소개나
해야지.

안녕?
반가워!
고롱고롱~
나 새끼 11일 차
포메라니안.

마이 짱구 뒤통수 예술~
동글
빵실빵실
옹동이는
뽀너스~
오동통
두툼한 꼬리까지 완벽해!
근데 솔직히 아주 어렸을 땐
소속 없이 생기긴 한 것 같다.
포메 새끼지
시츄 새끼지
알 게 뭐람.
난 누구?
여긴 어디?
귀여운 건 변함없지만.
턱에 있는
하얀 거,
수염 아니야.
얘는 라쿤 두 스푼.
울아빠
혹시…?
근엄
스트라이프
꼬리
얘는 반달곰 한 스푼.
얘는 시고르자브종
일곱 스푼?

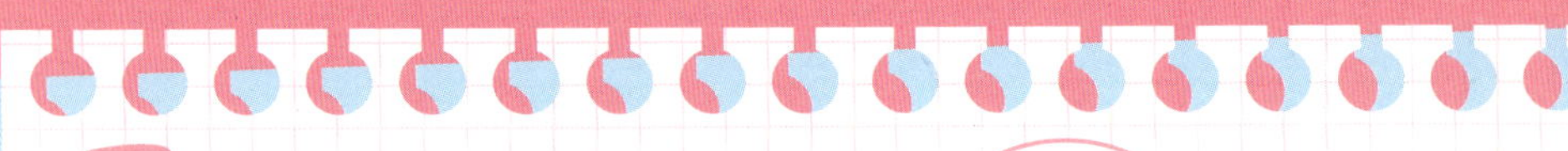

조금만 더 지나면 이렇게……
누구세요?

이대로 역변의 아이콘이 되느냐?
그건 아니고, 6~10개월 정도만…….

그러니 견뎌야지.
멋진 성견이 될 때까지!

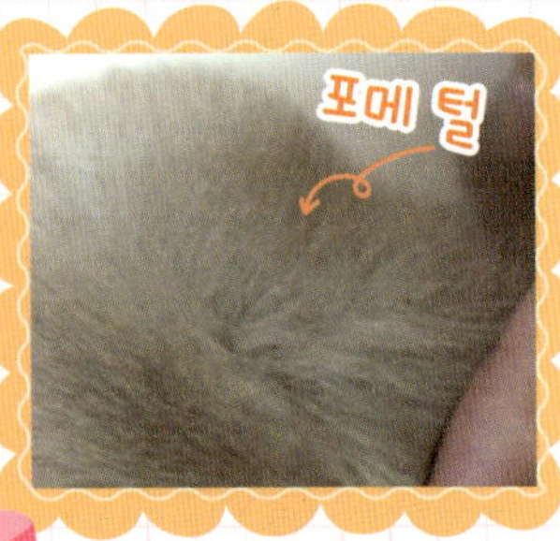

근데 전체적인 털 빠짐도
견뎌야 해. 못 기다리고
싹 밀어 버린다면…….

겨털이 긴 건 줄 알았는데,
몸에 털이 없는 거였다.

하지만 이중모를 가진
친구들은 조심하는 걸로.
한 번 밀면 안 날 수 있대.

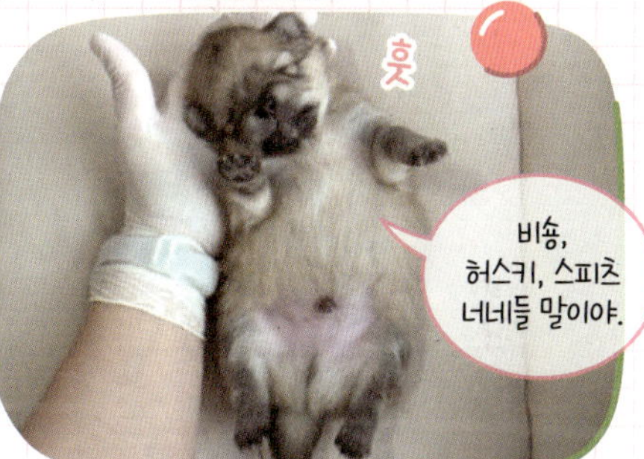

그렇다고 너무 겁먹지 말라고,
꼬마 포메들.

그런데 말입니다.
맘마 먹어야 하는데,
찾질 못하겠단 말입니다.

질투심과 소유욕이 강한 우리.
싫고 좋음도 분명하지.

지금은 코 찔찔 흘리는 아기 맹구처럼
보일 수 있겠으나 실은……

늑대의 피가
0.1방울이나
섞였어.

아이슬란드 썰매견 출신
허스키 형님과는 친인척 관계.

위풍당당한
내 눈빛은 대형견
못지 않지.

뭐?
덩치만
큰 게?!

내 DAN는 아직도 말한다.
넌 몸무게 13kg인 대형견이었었었다고.

지지도, 굽히지도 않는 우리의
용맹함! 유전이다.

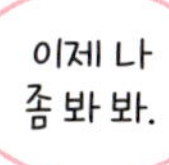

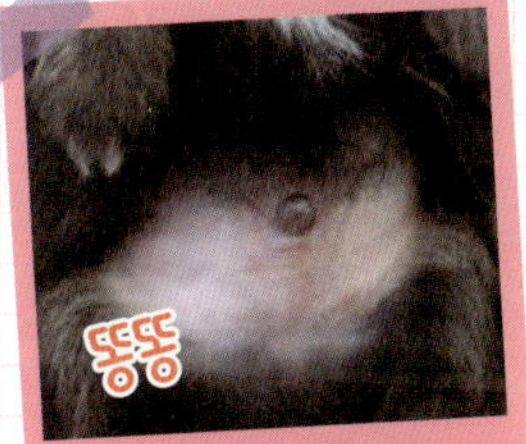

뽈록뽈록 배방구
마려운 요 뱃살.

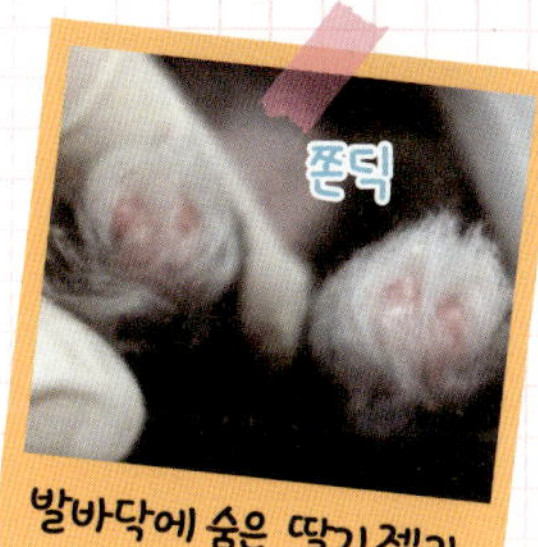

발바닥에 숨은 딸기 젤리.

나란 녀석, 겁나 귀엽다.

뭐? 내가 걔 같다고?
요크셔? 걔?

그래서 막 나간다.

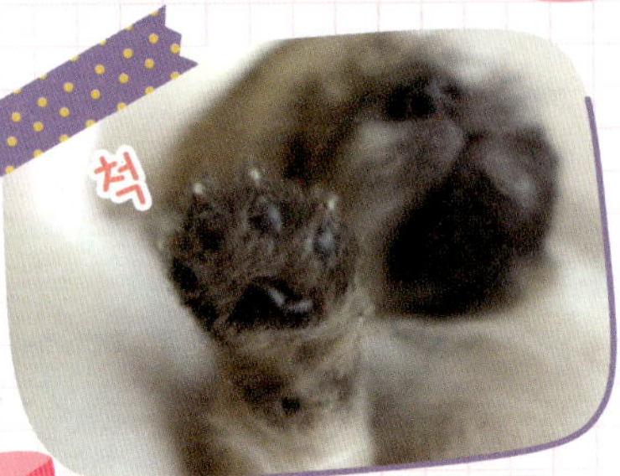

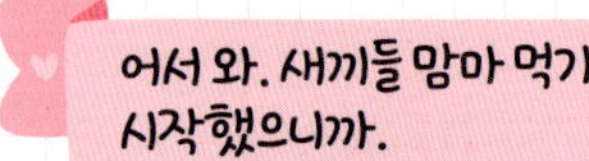

어서 와. 새끼들 맘마 먹기
시작했으니까.

아직은 이빨이 없어서 아프게
빠는 거 아니니 걱정 노노!

하지만 이빨이 올라오기 시작하면
가려워서 계속 무언갈 씹어야 한다.

이때 오구오구 오냐오냐 한다면……

나 새끼는 무엇이든 물고, 뜯고, 씹는
이개탄이 되고 말 것이야.

나 새끼는 곰 같은 Fox, 여우 같은
Bear. 순진무구, 청순가련한
표정을 짓고 있어도,

지가 예쁜 걸 그 누구보다 잘 알고 있는
눈치가 100단인 FOX.

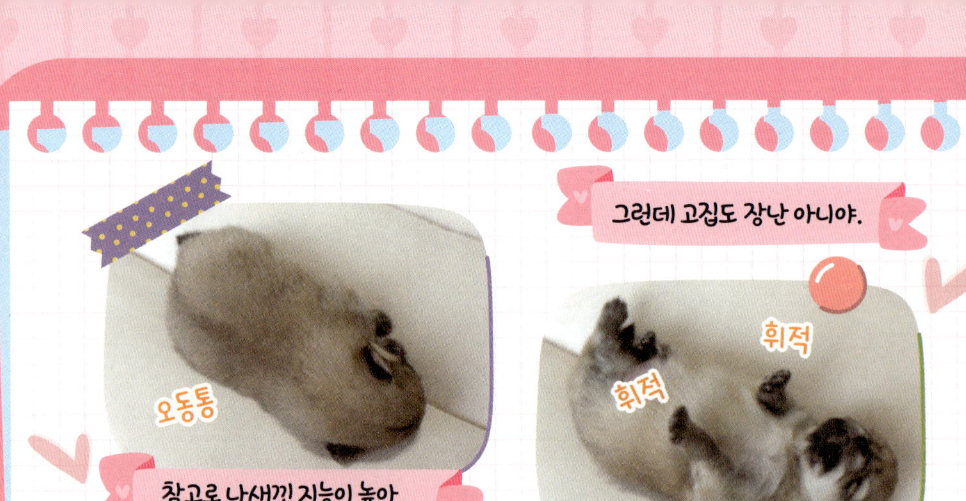

참고로 나새끼는 지능이 높아
굉장히 똑똑하고 영리하다.

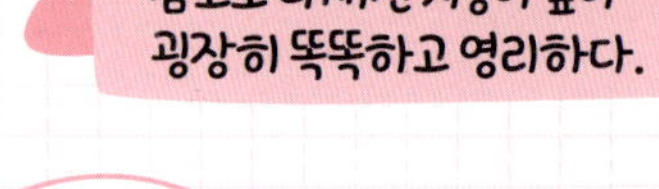

하지만 교육만 잘 시키면
올바른 의사소통도 가능해.

개통령도 인정한 4가지 없는
강아지가 나야, 나.

그런데 고집도 장난 아니야.
(무한반복 예정)

물론 잘 때도 귀엽고, 먹을 때도 귀엽고,
놀 때도 귀여워. 하지만……

개통령도 인정한 4가지 없는 강아지가
나야, 나. (무한반복 예정)

근데 가느다란 뼈대 있는 가문이라 예쁜 대리석 바닥 생각조차 말기, 신나서 점프하는 거 진정시키기, 계단은 힘드니 안고 이동하기, 슬개골 탈구 마사지 배우기, 제발 아무 문제 없길 기도하기…….
☆혹시 모르니 돈 모아 놓기☆

결국 이렇게 될 예정이야.

4가지 빼고 다 있는 내 미래는 한 달 뒤에는 귀여웠다가,

♥ 포메라니안 ♥
(Pomeranian)

스피츠와 사모예드를 소형화시켜 만들어진 실내견으로, 원산지가 독일 포메른이다. 포메른의 영어식 표기 '포메라니아'에서 지금의 이름이 붙여졌다. 성견이 되면 몸길이 17~30cm, 몸무게 1.5~7kg 정도로 천차만별이다.
포메라니안은 풍성한 털과 귀여운 외모로, 대중적으로 사랑받고 있다. 하지만 외모와 달리 상당히 사납고 다혈질이며, 엄청난 활동성을 보이는 반전 있는 개이다.

라이언헤드 토끼

어우, 자다 깨서 털이 엉망이라
빗질이라도 해야 하는데…….

인사를 해야 해,
말아야 해?

부시시

흐음

날 보는 시선이 심상치 않다.

털북숭이 뒷모습, 여태껏 봤던
다른 토끼와는 다를 테지.

안녕? 커도 너무 큰 새끼.

난 라이언헤드토끼,
태어난 진 50일 됐어.

이제 좀
토끼처럼
보이나?
베이비

어흥~
털 관리가
안 된 게 아니라
원래 이렇게
생겨 먹었어.
왜 라이언헤드냐고?
딱 보면 모르겠나?

라이언=Lion=사자,
헤드=head=머리.
OK?
냠냠

왜 다
나만 쳐다보고
있는 거지?
깜짝!

맞아, 나 새끼 머리가
갈기처럼 털이 나거든.

근데 이제 이름만
사자 머리 토끼.

귀
왜왜?
야, 숨어!

아, 내가
인사했으니
쳐다보는 게
맞지.
에쿵

우리에게 늠름을 바라지 말자.

완전 어리바리 토깽이거든.

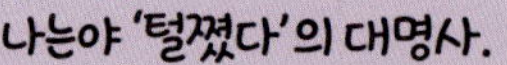

덥수룩에서 나오는
더티 큐티☆

다른 토깽이들보다는 크지만,

태어난 지 2개월도 안 됐다는 점.

이제부터 나 새끼의
매력 발산 show time~

잘 보시라.
유니크한 내 처피뱅~

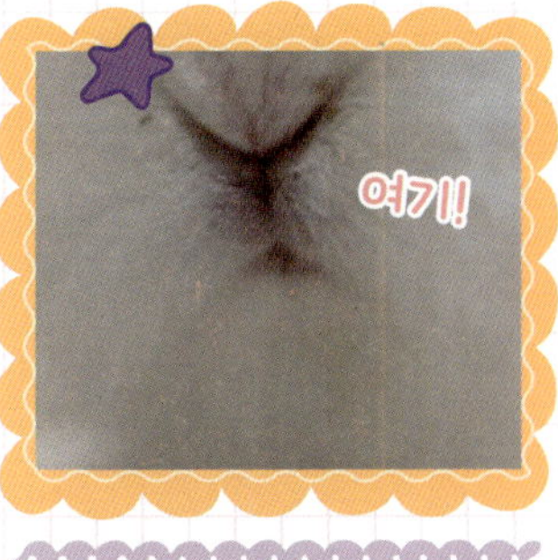

가까이 간 김에
앙증맞은 코를 주목해 줘.

분당 120회 움직이는 바쁜 내 코.

나 새끼 머리부터 꼬리까지,

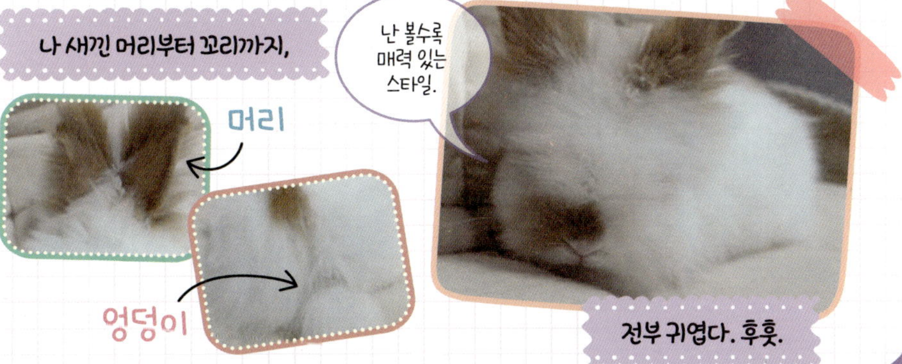

전부 귀엽다. 후훗.

뭐? 내 눈이 안 보인다고?
눈을 뜬 건지, 감은 건지 모르겠다고?

토끼의 상징,
초롱초롱한 눈!
이제 보이나?

그리고 내 최대 매력인 털.

옆모습도
보여 줄게.

이(름이)
곧 내(외모).

내 털들은 특히 상체와
머리에 몰려 있다.

말 나온 김에 잠시
그루밍 타임을 갖겠어.
기다려 봐~!

자고로 미모는
부지런함에서
오는 것.

나 새끼 킥!!

나 새끼는 장모종이라 주기적인
빗질과 그루밍은 필수!

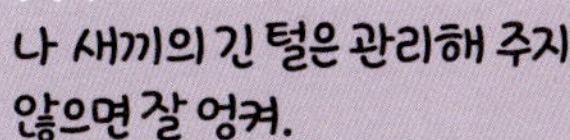

그러니 내가 그루밍을 한다 해도 빗고, 빗고, 또 빗겨 줘.

잠깐.
Wait a minute.

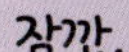

털이 복실하다고 딱딱한 바닥에서 키울 생각하는 건 아니지?

나 새낀 발바닥에 젤리가 없어.

양모 러그, 수건 등 푹신한 것들을 깔아 주는 건 필수야.

근데 이제······.

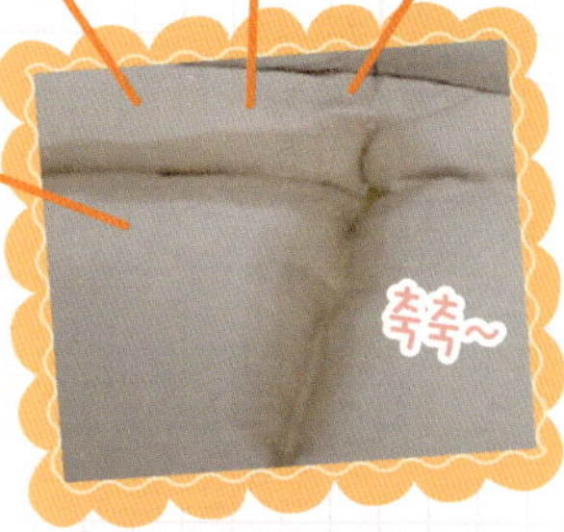

젖습니다.
전부 젖는 겁니다.

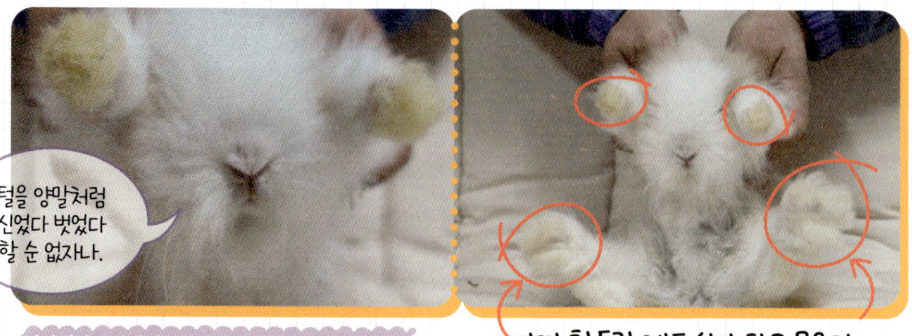

내 발이 노란 이유도 바로······ ^^

아까 첫 등장 때도 쉬야 하고 묻은 거.
(160 페이지 참고)

암튼 우리가 제일 잘하는 건 바로 바로~!

?
?
?
발에 쉬야
묻히기 말고~
흥흥
두구두구~

건초 씹기, 당근 씹기, 하루 종일 씹기.

건초를
털에 숨겨 뒀다가
이따 또 먹어야지.
냠냠

당근은 토끼의
소울 푸드♡
갈갈

나 새끼, 라이언헤드토끼는
복슬복슬한 털이 귀여운 동물.

♡ 귀욤
♡ 귀욤

근데 이제…….

집중해라.
'근데 이제'
또 나왔다.
주목!

겨털 아님.
턱수염이야.

털이 무한 성장.

덥수룩

그니까
관리를 잘해
주라구.

치렁치렁

턱받이라도
하고 먹을까?

갈갈갈갈

당근도, 심지어
똥도 …….(사료 아님 ㅋㅋ)

똥

귀여우니까
봐 줘라.

근데 나 새끼 그 긴 털에
뭐든 묻힐 거야.

더럽다고 날 씻겼다간
평생 저주한다.

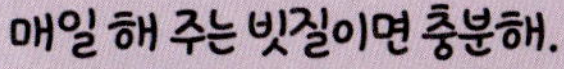

♥ 라이언헤드토끼 ♥

(Lionhead Rabbit)

스위스 폭스 토끼와 네덜란드 드워프 토끼를 교배한 것으로, 이름처럼 털이 길고 풍성한 것이 특징이다. 수명은 7~10년 정도이며, 몸길이는 20~25cm, 몸무게는 2kg 정도인 소형 토끼. 라이언헤드 토끼는 대체로 겁이 많고 예민한 성격이다. 온순한 편이지만 체구가 작기 때문에 위협을 느끼면 공격적인 행동을 보일 수 있다.

베스트 포토

1 친칠라
"깔끔 똥쟁이 친칠라"
2 라쿤
"호기심 대왕 라쿤"
3 기니피그
"닮은 꼴 1등 기니피그"
4 코리안 숏헤어
눈물의 여왕
5 골든햄스터
"조막 만한 털 뭉치"

6 시고르자브종
8 피그미 다람쥐
"자유로운 영혼"
자이언트 귀요미
"곰 젤리 4개"
9 킨카주
7 판다
10 미니피그
11 랙돌
"미니 꿀곰"
"똘똘이 꿀꿀이"
"인형보다 인형 같은"
12 페럿
14 포메라니안
기원전 반려동물
15 라이언헤드토끼
13 슈가글라이더
달달한 잠꾸러기
"썰매견의 후예 아기 맹수"
"털찐자의 일인자"

컬러링 동화

★ 자유롭게 색칠해 나만의 그림을 완성해 보세요. ★

♥ 첫 번째 봄의 선물 ♥

소복이 쌓인 눈은 어느새 따스한 봄볕에 녹았고,

조용하던 숲은 아기 동물들의 재잘대는 소리로 가득 찼어요.

기다리던 봄이 왔거든요.

판다 우물에 모인 아기 동물들은 무얼 하는 걸까요?

"어서 일어나, 골든햄스터야!"

하얀 랙돌의 외침에도 꼼짝도 하지 않는 골든햄스터예요.

포근한 바람 이불을 덮고 꿀잠에 빠져들었나 봐요.

친칠라는 자기 몸보다 긴 막대를 휘저으며

대나무 수조의 물을 연분홍빛으로 물들이고 있어요.

"벚꽃 잎이 더 필요해!"

친칠라의 외침을 들은 슈가글라이더는

서둘러 벚꽃 잎을 따 반짝이는 양동이에 가득 담았어요.

"음, 곱게 물들었네. 예쁘다, 예뻐."

그리고 슈웅 날아가 미니피그에게 전해 주었지요.

소중한 꽃잎을 조심스레 수조에 붓는 미니피그예요.

담방 소리도 없이 물속으로 녹아내리는 꽃잎을 보며 말했어요.

"꽃잎과 함께 우리의 마음도 담은 거야."

어르신 랙돌은 염려와 기대가 섞인 눈빛으로 아기 동물들을

바라보았어요.

"서툰 손길로도 열심이구나. 너희의 정성만큼 맛있을 거야."

“똑같은 크기로 잘 나오고 있어. 내 눈은 정확하지!”

포메라니안은 돋보기를 들고 동그란 반죽을 살펴보았어요.

그리고 시고르자브종과 킨카주는 벚꽃 도장으로

반죽을 콩콩 찍어 화과자를 만들고 있네요.

그 앞에 가만히 앉은 코리안 숏헤어는 주문을 했어요.

“도장을 좀 더 세게 눌러 줘. 무늬가 흐릿하단 말이야.”

사실 아기 동물들은 지금

당신을 위한 특별한 선물을 만들고 있어요.

세상에 태어나 첫 번째 봄을 맞는 아기들만이 만들 수 있는

행복한 간식거리가 있거든요.

페럿이 유리병에 벚꽃을 닮은 분홍 스티커를 붙이면
라쿤은 섬세한 손길로 밸브를 조절하며 병에 주스를 담고,
기니피그와 겨울잠쥐는 코르크 뚜껑을 덮어 주어요.

라이언헤드토끼는 시계를 보며 안도의 한숨을 폭 쉬었어요.
"당신에게 보낼 준비가 끝났어요. 늦지 않아 다행이에요!"

고민과 걱정으로 가슴이 답답할 때는 시원하게,
깜깜한 어둠 속에서 외로울 때는 따뜻하게 마실 수 있는
벚꽃 주스를 준비했어요. 달콤 한 스푼도 넣어 드릴게요.

주스를 마신 후 천천히 숨을 쉬며 주변을 둘러 보세요.
눈길이 닿는 여기저기에서 행복을 찾을 수 있을 거예요.
우리들의 사랑스러운 표정과 귀여운 몸짓을 보면서 말이에요.

초판 1쇄 인쇄 2025년 3월 20일
초판 1쇄 발행 2025년 3월 25일

원작 SBS
구성 이정은   **그림** 권혁준

발행인 심정섭
편집인 안예남
편집팀장 이주희   **편집** 장영옥
제작 정승헌   **브랜드마케팅** 김지선, 하서빈   **출판마케팅** 홍성현, 김호현
디자인 design S

인쇄처 에스엠그린
발행처 ㈜서울문화사
등록일 1988년 2월 16일
등록번호 제2-484
주소 서울시 용산구 새창로 221-19
전화 02-799-9038(편집) | 02-791-0752(출판마케팅)

ISBN 979-11-7371-007-0
ISBN 979-11-7371-006-3 (세트)